Mordred

Tommy-Lee Baïk

MORDRED

Les Récits de Farengoise

BoD

© 2016, Tommy-Lee Baïk
Éditeur: BoD – Books on Demand

ISBN: 978-2-3220-4254-8

À Johnny, car aujourd'hui j'ai 21 ans, et que je n'oublie pas ;
À Marion et naM.naM ;
Et à tous ceux qui ont suivi, soutenu et participé à cette magnifique aventure qu'est Mordred.

Remerciements : Paul R., Riki, Adria D.

Ce roman est issu de la websérie Mordred, du même auteur :

Mordred – Saison 1 : L'Élu (2013)

Mordred – Les Récits de Farengoise (2015)

Mordred – Saison 2 : La Révolte (2014)

Disponibles sur internet.

Jeune réalisateur, scénariste et acteur, **Tommy-Lee Baïk** est le créateur de la websérie Mordred dont est issu ce roman. À 18 ans, il lance la production de la première saison de sa série médiévale-fantastique revisitant un personnage emblématique de la légende arthurienne, bien que peu connu du grand public : Mordred. Après une première saison plutôt burlesque qui s'intitule "L'Élu", il réalise une saison 2 bien plus sombre et dramatique "La Révolte". C'est âgé de 21 ans qu'il se lance dans l'écriture de ce roman intersaisons qui narre l'épopée des personnages principaux de la série durant les six mois qui séparent la première de la deuxième saison de la série.

Récompensé par le Prix des Meilleurs Dialogues pour la saison 1 de Mordred au Festival Francophone de la Websérie à Toulouse en 2013, il s'essaye à une autre approche de la narration à travers ce roman, s'inspirant néanmoins énormément de son travail de scénariste.

I – SOURCE ANONYME

... J'te le dis, moi. Source anonyme. N'empêche que la boulangère, quand je l'entends à deux heures du mat' - au moment où je vire les derniers clients – qu'elle est là, toute discrète, à marcher sur la pointe des pieds, sous son petit chaperon – en pleine nuit ? Prend moi pour un con aussi – et que, quelques minutes plus tard, t'as la porte du cabanon du fils de la teinturière qui grince, et bah excuse-moi, mais je prône l'adultère, c'est bien normal. Source anonyme, hein. Et puis quand je vois la gueule de trois lieux que me tire Bébère quand il vient consommer – bon moi je suis content, c'est bon pour les recettes – et bah force est de constater que le brave se sait cocu, d'une manière ou d'une autre. Mais ces choses-là, ça se ressent dans les tripes. Tant que tu l'as pas vu – de tes yeux, vu – tu fais semblant de pas y croire. Mais bon, après moi je dis ça, je dis tout, hein. C'est comme la dernière fois, les types du comté voisin qui vendaient – comment ils appellent ça déjà ? - de la fragrance naturelle ! Voilà, c'est ça. Bon sang, toutes les petites vieilles et pisseuses qui se ruent sur leur stand et qui leur font leur chiffre en moins d'une demi-heure ? Me dis pas qui y'a pas d'l'injustice là. Purée, leurs produits sont même pas certifiés, moi j'te le dis honnêtement – bon, source anonyme, hein –, mais leur parfum, ça pue surtout la contrebande. Pourquoi j'te parle de ça déjà ? Ah oui, je faisais le lien avec la petite boulangère qui trompe son bonhomme. Ouais, je parlais de ces escrocs parce qu'elle aussi elle a acheté cette camelote. Roh et puis faut voir comment ils appellent leur marchandise. « Passion lavande », « Senteur byzantine » - c'est raciste. – « Agrume forestier » - ça n'a aucun sens – ou « Bien-être noix ». Ralalalala, les fumiers. Comme leur produit, senteur fumier, tiens. Sont connes les bonnes femmes. Elles claquent leur blé dans ces idioties. Et Bébère qui voit sa bourse se vider pour une odeur qui sera finalement reniflée par un autre...

Ah, ça laisse un goût amer tout ça quand tu y repenses. Ça donne pas envie de s'engager avec une femme. Ah ça non. Je l'ai toujours dit, moi. Les femmes, c'est de la saloperie. Ça te prend énormément d'énergie, ça te fait croire que tu es unique, important, puis dès que tu n'as plus rien à leur offrir de nouveau, ou qu'elles se sentent l'âme aventureuse, qu'elles veulent aller butiner un autre miel – elle est dégueulasse mon image là, non ? - Et bah y'a plus personne. Elles t'abandonnent, et pis t'as pas l'air con. Ah ça. T'es là, démuni, à devoir poursuivre ta vie comme si de rien n'était. T'y croyais. C'est toi qui es cocu, mais c'est toi qui t'es trompé. Sur elle. Sur vous. Dis donc, je m'égare là. Dis-le-moi au lieu de me laisser parler trois plombes.

Je te ressers un petit hydromel aux épices ? C'est bon ce breuvage. Ça se vend bien. Hé. Hé.... Hé ! Ouais, écoute. Source anonyme, hein, mais les tonneaux de la concurrence, bah ils sont importés illégalement. C'est un escroc ce tavernier. Il fait le prince parce qu'il a un grand établissement. Ah ça, c'est sûr. Dépenser son fric dans le visuel, ça vaut le coup. Bel espace à l'intérieur, joli comptoir, serveuse tout aussi mignonne, terrasse ! Ouais mon p'tit gars : terrasse. Il se fait pas chier, ah ça non. Je fais pas la promo de son établissement, là, qu'on soit d'accord. Tu restes ici, l'ami. Là où je voulais en venir c'est que, d'accord ça en jette, mais les produits derrière, et bah ils sont tout pourris. Et oui. Normal ! Tu mets toutes tes économies dans le confort, dans l'apparence, mais y'a plus rien pour s'offrir de bonnes denrées. Non, môsieur. Que d'la bière coupée à la flotte ! Du vin épais, qui te refile les dents rouges, tu sais même plus ce que tu bois. Non, c'est pas du travail, ça. Moi au moins ici, je propose de vraies marchandises. Certes, c'est un petit peu plus cher. Mais c'est de l'artisanat, nom de merde. Ça te reste pas sur le bide une fois que tu as consommé. Oh et puis il y a le respect du client. L'échange. C'est bon ça d'échanger. On n'échange plus assez de nos jours. Qu'est-ce que ça sera dans quelques siècles, hein ? On se rendra dans une enseigne, on commandera à emporter et puis, sans un sourire ou sans le moindre mot de politesse, on repartira avec sa bouffe et sa boisson pour s'isoler chez soi ? Non... Ça serait bien trop con...

« Chez Pipeule », ça papote et ça s'la colle pas à la flotte. Non ? T'es pas convaincu ? Je cherche, je cherche. Ça m'emmerde de devoir trouver ce genre de petites phrases d'accroches, mais c'est pour évincer la concurrence. Ah bah oui, l'autre il fait que ça, d'la communication à trois ronds. Il dit que c'est le futur. Mon cul. J'y crois pas une seconde. Les gens sont pas suffisamment cons pour ne pas se rendre compte que leurs produits ne valent rien et que tout vient des accroches et du blabla des commerçants. Si ? Ah tu dirais que si, toi ? Ouais, enfin ça m'étonne pas. T'es un pessimiste, toi. T'es un déprimant. Quand je te parle, je me dis qu'heureusement j'ai pas l'alcool mauvais... Comment ça je suis un poivrot ? Oui, j'aime consommer en même temps que le client. Et alors ? Bon sang, c'est plus convivial, non ? Et puis ça prouve bien que je suis fier de mes cervoises, héhé...

Ah non, ça c'est sûr. Je suis pas banal. C'est une de mes fiertés. Pas banal. Authentique. Ça manque un peu de nos jours. De moins en moins de valeurs. Des types qui se perdent dans l'ambition d'un autre. Qui s'effacent. C'est un peu triste. Moi, jamais je ne m'effacerai pour un autre. Non. Je serai toujours le même. Grande gueule, grand cœur. Ah ça, oui. Je suis un émotif, moi. Un sensible. J'aime les belles choses. J'aime les paysages, j'aime me promener. J'aime l'odeur du bois coupé, le son des braises qui craquent, le hululement de ces salopes de chouettes qui me foutent les larmes aux yeux quand je les écoute chanter un peu trop longtemps. Rah, je suis bourré, prend pas tout ce que je dis à la lettre.

Hé. Hé... Hé ! Même le chant des cigales ça me plaisait bien. Comment ça tu vois pas de quoi je parle ? Pendant toute la moitié de l'année elles nous auront fait chier ces cigales ! À ne plus s'entendre parler. Un noble et son écuyer étaient passés à l'époque. Ils m'avaient expliqué que les cigales apportaient un message de mort sur notre île de Bretagne. J'aime bien les histoires. Les légendes. Quand je tombe sur des clients qui racontent bien, et bah je leur offre la conso. C'est bien normal. C'est moi qui devrais payer pour d'aussi jolis récits. Mine de rien, quand j'y repense, c'était loin d'être du flan cette prophétie. La preuve avec ce chevalier... Hé.... Hé ! Source anonyme. Les Décroisés – je les aime pas, je te préviens, mais bon, pas trop fort, ils sont un peu craints par le croquant standard ces derniers temps, je voudrais pas faire fuir ma clientèle – et bah figure toi qu'ils ont trimballé le corps de Sir Lamorak dans tout le comté, pour montrer leur puissance, la réussite de leur mission. Hmmm. Y repenser, ça me plaît pas bien. J'étais de sortie quand ils ont fait faire une dernière virée au cadavre du Noble Chevalier. J'ai vu son visage blanc. Il avait cette expression vide, triste. Un peu comme s'il avait compris qu'il avait perdu, avant même de mourir. Ah, bon sang, je m'y ferai pas à ces Décroisés. Des barbares. Des tarés. Enfin, chut à moi-même. Ma gueule. Dis-moi de me la boucler quand tu vois que je vais trop loin. Suis pété, tu vois bien. Arrête-moi quand je dérape. Non, mais c'est vrai. Ils sont malsains ces Décroisés. Ils prônent le Dieu unique, disent le servir, et ils exécutent un chevalier de la Table Ronde ? Un soldat du Graal ? Un homme du Roi Arthur ? Et ils prétendent sérieusement servir Dieu? Hmmm. Enfin moi, je dis ça, je dis tout. Et puis, y'a un truc qui tourne pas rond. Ils l'ont exhibé comme un trophée, mais il y avait cette tension dans l'air. Ce truc inexplicable qui malgré tout me faisait me dire que ça puait l'entourloupe. Y'a du faux semblant dans l'air ou je m'appelle pas Pipeule. Surtout quand on sait qu'apparemment, le Lamorak, il se serait fait tuer par un gamin. De sang-froid. De rage. Près du corps du vieil érudit dont on a retrouvé la sépulture. Ça n'annonce pas des jours lumineux tout ça. Oh non... Enfin là, c'est pareil, je te dis ça, mais bon... Source anonyme.

II – Lui

J'ai froid.

Elle a froid, je crois.

J'ai peur.

Elle a l'air terrifiée.

Tout se répète. Tout recommence. Je me souviens petit à petit. Cet homme...

Qu'est-ce qu'elle fait là ? Qui est-elle ? Et qui est ce général qui nous a embarqués ? Où allons-nous ?

Je ne comprends plus rien. J'ai mal à la tête, j'ai mal aux pieds. J'ai le nez qui coule et les dents qui claquent, un peu comme mon cœur. Il claque. J'ai mal à la poitrine.

Depuis combien de temps marchons-nous ? Où allons-nous ? L'autre, il ne se pose pas de questions. Il a ce même air béat que lorsque je l'ai rencontré. Il est un peu bête, je crois. Quoique, de temps à autre, il sort quelques phrases sensées. Il se pose pas de questions ? On ne dirait pas. Il se laisse porter, comme à son habitude.

Et eux, qui sont-ils ? Ils portent le même symbole que Lui. Je les déteste tous. Je les tuerai. Si seulement je pouvais m'enfuir. Retrouver ma vie. J'errai sans but, sans trop comprendre où j'étais. Qui j'étais ? Je crois que je préférerai ne pas me souvenir. Non. Parce que les images qui me reviennent, les cris, le sang, ça me tétanisent. J'y repense là. Non...

Elle s'est arrêtée. Elle ne doit pas s'arrêter. Sinon il va venir la bousculer, lui faire du mal. Je ne sais pas. Peut-être qu'elle le mérite. Mais je ne veux pas assister à ça. Je vais tirer les chaînes, pour l'aider. Je ne devrai pas l'aider. Elle doit être dangereuse, ou malfaisante. Sinon elle ne serait pas là.

> Enfoiré. Il tire sur mes chaînes, j'ai mal aux poignets. Ils sont rouges, ça frotte, ça m'arrache la peau. Mais ça, il s'en fout. Il obéit aux ordres. Il prend un malin plaisir à cela. C'est tellement facile de faire partie d'un groupe et de se fabuler que l'on existe. Tu n'existes pas. Tu n'es personne. Tu n'es qu'un sous-fifre. Je te hais. Je vous hais.

Elle ne se laisse pas faire. Elle est stupide. Ne comprend-elle donc pas qu'avec Lui ça sera pire ? Trop tard. Il arrive. Elle semble terrifiée. À moi aussi, il me fait peur. Venance ne semble pas rassuré non plus. Il m'a lancé un regard paniqué, c'était bref, mais je l'ai bien perçu. Après tout, il n'est peut-être pas si bête. Au début, je ne pouvais pas le supporter. Il parle trop. Pour ne rien dire d'intéressant. Et puis nous n'avons pas les mêmes convictions, ni les mêmes buts. Il n'a pas vraiment sa place parmi nous. Mais au fur et à mesure, j'ai appris à le connaître. Ce n'est pas vraiment un soldat, mais c'est un bon camarade. Je crois qu'il m'aime bien. Il essaye constamment de me divertir pour que la marche soit moins dure, qu'elle passe plus vite. Il est con parfois. Il me racontait la dernière fois comment il avait embrassé sa première conquête. Il avait défié un ami que celui qui resterait le plus longtemps en apnée pourrait embrasser la jeune femme, cette dernière s'était prise au jeu – Fou de se dire à quel point les temps changent, les jeunes filles ne sont plus aussi prudes qu'à l'époque. Au final, il avait failli se noyer et la fille lui avait fait du bouche-à-bouche. Il avait frôlé la mort, mais il était tout fier d'être arrivé à ses fins. Quel idiot. Il ne manque pas d'air. C'est comme s'il n'avait jamais honte, comme s'il n'était jamais embarrassé. Il s'assume. Je pense que c'est une forme de pureté. Et puis ça marche avec les filles, si j'ai bien tout compris. Moi, jamais les filles. Jamais été intéressé. Toute ma dévotion, je l'adresse à mon Seigneur. Je le servirai jusqu'au bout. Car il le vaut bien. Voilà. Penser. S'évader. Se promener dans sa tête. Comme ça, je ne me concentre pas sur Lui en train de la frapper...

III – L'ABBAYE

Encore de la pluie. Ces derniers temps la météo n'était pas tendre du côté de Farengoise. L'abbaye en faisait aussi les frais, Rodron le savait bien. Même si Frère Eli sauvait les apparences, le jeune homme se doutait bien de l'inquiétude que lui provoquaient ces précipitations qui ne cessaient plus depuis plusieurs semaines. Des gouttes s'infiltraient par le toit. Rodron les fixait se frayer un chemin entre les tuiles fissurées pour venir s'écraser sur le sol et se laisser mourir pour renaître dans une flaque qui grossissait à vue d'œil. Il contempla un moment la mare de pluie lorsqu'elle prit soudainement une étrange teinte garance. Sa consistance devint plus acrylique. Rodron la fixa avec insistance, son cœur se mit à s'emballer. Un corps aux plaies ouvertes se dessina dans son hallucination sanglante. Mordred. Rodron sursauta. La main que Frère Éli venait de lui poser sur l'épaule le tira de son cauchemar éveillé. Rodron plissa les yeux, tourmenté. Frère Éli le remarqua.

« Ça ne va pas, mon garçon ?

- Pardon. Je réfléchissais...
- Il semblerait que nous ayons encore de l'entretien dans l'abbaye avec toute cette pluie qui tombe, constata Frère Éli en regardant la flaque d'eau, profitant de l'occasion pour changer d'un sujet qui mettait visiblement Rodron mal à l'aise.

– Je pourrai vous aider, vous savez. À présent, j'en suis capable. »

Il est vrai que durant le mois qui s'était écoulé, Rodron n'avait plus été capable de grand-chose. Après sa confrontation avec l'affreuse sorcière rousse qu'il avait vaincue grâce à ses techniques, et après s'être lui-même fait blesser par Frère Jeannot alors qu'il tentait de le sauver, Rodron avait passé plusieurs jours complètement inconscient. Lorsqu'il était revenu à lui, il avait découvert l'abbaye jusqu'auquel Jeannot l'avait porté pour le soigner. Encore sous le choc, Rodron ne pouvait effectuer que quelques brefs déplacements et réussissait à peine à articuler lorsqu'il parlait. Une fois remis en forme, il avait quitté l'abbaye en trombe, remerciant les Frères s'étant occupés de lui, afin de retourner à la ferme de Nabur pour retrouver Mordred qu'il était sûr de revoir vainqueur de sa quête contre le Golem. Mais le jeune homme allait très vite déchanter. À peine arrivé sur la place du village de Farengoise, Rodron avait déjà remarqué d'inhabituelles hordes de Décroisés qui prospectaient et festoyaient bruyamment. Il savait bien que leur Ordre prenait en importance et en crédit, mais cet attroupement ne le rassurait pas. Durant le chemin jusqu'à la ferme, Rodron avait ressenti cette inexplicable boule au ventre, sa gorge qui se nouait sans raison et ses jambes qui se crispaient nerveusement pour rien. Mais dès lors qu'il atteignit le haut de la colline menant à chez Nabur, ses doutes et ses peurs se justifièrent. Au loin, la petite maison de Nabur était en feu, et des Décroisés farfouillaient et campaient tout autour du terrain. Rodron ne comprenait plus rien. Le poids du ciel lui tomba sur les épaules, mais il essaya de marcher malgré tout. Il avança vers la ferme, traînant des pieds, le souffle coupé. Autour de lui les Décroisés s'agitaient. Certains se partageaient les biens de Nabur, d'autres traînaient derrière eux les cochons et les poules du vieil homme avant de les abattre pour s'en nourrir autour de grands feux qui ne faisaient que trop écho à l'incendie de la demeure du fermier. Que se passait-il ? Alors que les questions tournaient dans son esprit, se mélangeant à l'agitation collective des Décroisés, et que Rodron commençait à tourner de l'œil, une vision d'horreur le frappa et lui fit aussitôt reprendre conscience de la réalité. Une réalité bien trop morbide. Le corps sans vie du chevalier Lamorak était en scelle, lancé à toute vitesse par des Décroisés qui s'amusaient à le faire galoper et tomber de cheval sur plusieurs mètres. Rodron était à terre, il n'avait pas senti la chute, seulement la dureté du sol sur lequel il venait de s'écraser. Il fut relevé par deux Décroisés qui lui offrirent de bons cœurs un godet de la vinasse de Nabur, et pour cause, aujourd'hui, c'était « jour de fête », selon leurs dires. Rodron tangua, cherchant un équilibre dans un monde qui venait de perdre sens. Que se passait-il ?! Il n'y avait encore que quelques semaines que Lamorak et Mordred se moquaient de lui car il était vexé qu'ils l'aient oublié, lui qui était leur écuyer. Leurs chemins s'étaient séparés, certes. Mais ce n'était l'histoire que de quelques jours. Le temps que Mordred sorte victorieux de son combat contre le Golem et qu'ils se retrouvent à la ferme de Nabur pour poursuivre leurs aventures de paysans rêveurs. Qu'en était-il de toutes ces histoires palpitantes qu'avait imaginé Rodron lors de son voyage, repensant à ses camarades et à ce que l'avenir pourrait donner ? Qu'en était-il de leurs futurs combats contre d'autres monstres maléfiques ? N'allaient-ils donc jamais avoir de nouvelles quêtes des Dieux ? Repartir à l'aventure, lui, Mordred et... Sir Lamorak ? Non. Jamais. Parce qu'il s'était passé quelque chose d'horrible. Quelque chose que Rodron ne pouvait s'expliquer. Parce que la maison de Nabur était en feu, et que le cadavre de Lamorak était baladé sur un cheval pour divertir les Décroisés. Rodron marcha dans une petite flaque de sang. Il regarda sa semelle avec terreur. Il suivit les traces sanglantes du sol poussiéreux sur lequel elles s'étaient immaculées. Il s'approcha du cours d'eau. Ses yeux s'ouvrirent, les vaisseaux sanguins craquants sous le choc. Rodron tomba à genoux et rampa afin de se rendre compte de l'inimaginable. Alors il pleura. Il était face à la tombe de Nabur, une sépulture improvisée avec des galets, laissant apparaître par endroits les formes et les traits du défunt homme. Rien ne serait plus jamais comme avant. Rodron le savait, et le chagrin qu'il contenait jusqu'alors explosa. Il commença à comprendre, à imaginer les évènements. Les Décroisés avaient appris que Nabur avait hébergé Lamorak et qu'il l'avait caché des forces de l'Ordre. Ils étaient venus à la ferme, avaient attendu que Lamorak revienne de quête, et ils les avaient alors exécutés. Rodron pleura comme jamais. Nabur était comme un père pour lui, il lui avait donné un toit lorsqu'il y avait trop d'intempéries, il l'avait nourri lorsqu'il se mourrait de faim, et puis surtout, il l'avait accepté dans la famille, ce qui lui avait offert par la même occasion un être cher. Plus qu'un ami. Un frère. Mordred ! Rodron se releva et se mit à le chercher. Il hurla son nom durant des heures, vadrouillant dans la forêt, longeant le cours d'eau. Il ne trouva rien, pas la moindre trace de son ami. Mais il était en vie. Il devait être en vie. Il ne pouvait qu'être en vie. Et alors qu'il abandonna sa recherche, las et fatigué, mort à l'intérieur, la première goutte d'une longue série vint se mêler à ses larmes. La pluie commençait.

Rodron fixait le sol, les cheveux plaqués sur son visage à cause de la pluie battante. Il était dans la cour de l'abbaye, seul, observant le ciel. Il l'avait dit à Frère Éli, à présent il était prêt à sortir de sa dépression. Prêt à se lever et à respirer de nouveau. Il n'avait eu aucune nouvelle depuis, Mordred n'avait plus donné aucun signe de vie, et n'avait été repéré nulle part. Mais il était temps de voir de l'avant. Il était temps de se ressaisir. Rodron fronça les sourcils, il s'était convaincu: à présent, il se remettrait en forme pour partir à la recherche de son ami, coûte que coûte. La pluie cessa. Pour la première fois depuis des semaines, le ciel se dégagea et un rayon de soleil éclaira l'abbaye, comme un signe des cieux. Frère Éli et les autres moines sortirent constater ce miracle. Ils regardèrent Rodron, droit et déterminé, sublimé par l'astre qui se découvrait enfin. À ce moment précis, les premières impressions de Frère Éli se confirmèrent, Rodron n'était pas un garçon ordinaire, et, sans pouvoir se l'expliquer, il savait : ce jeune homme serait amené à faire de grandes choses.

IV – Une fois de plus

Réveil en sursaut. Une fois de plus. Je me sens lourd, j'ai chaud. La sueur a imbibé ma tunique. Une fois de plus. Je me bats contre le sommeil. Mes insomnies ne sont pas assez puissantes, je dors malgré tout. Peu. Mais trop. Suffisamment longtemps pour me perdre, pour revivre cette scène. Mon meurtre. Le son de la hache s'enfonçant dans sa chair, le sang giclant et coulant le long de son dos. J'ai aperçu son regard dans le reflet de la mare de sang qui s'était formée près de son corps inerte. Son regard vide, son teint cadavérique. La sueur de son front se mélangeant à son unique larme. Ce regard, toutes mes courtes nuits, il me fixe. Mais dans mes songes, il n'est pas mort. Dans mes songes il me juge, il hurle de douleur, de colère. Il me demande pourquoi. Parfois, à moi aussi il me vient à me demander pourquoi. Pourquoi ? Pour sa traîtrise bien sûr ! Tout est de sa faute. Si Nabur est mort, c'est de sa faute. Il m'a manipulé, il m'a menti. Il m'a utilisé pour me ramener à mon cher père. À mon bâtard de père. Ah ça, on en fait une belle de famille de bâtards. J'ai honte. Le sang qui coule dans mes veines, lui il voulait le voir se répandre, comme j'ai répandu celui de Lamorak. Il y a un craquement dans les bois. Je relève mon buste, cherche à voir dans le noir. Le feu s'est éteint. À la faible lumière des braises, j'aperçois Accolon qui dort. Comme à son habitude, il semble impassible. Cet homme. Il m'impressionne autant qu'il m'effraie. Il est spécial. Il y a un plus gros craquement. Cette fois, je me lève. J'attrape mon arc, mes flèches. Je suis étrangement calme. Il y a des sons de pas, on dirait qu'un homme court. Il y a du bruit. Comme si quelqu'un grommelait. La tension monte. J'aperçois alors une silhouette. Je ne prends pas le temps de viser, mon trait est parti et a touché la cible. Qu'est-ce que je viens de tuer ? Je m'approche, c'est un homme. Les nuages qui cachaient la lune se dissipent, et apparaît alors à ma plus grande stupeur un corps qui ne m'est que trop familier. Nabur… Nabur ? Nabur! Qu'est-ce que j'ai fait ? Comment ai-je pu faire ça ? Je me jette au sol, le rejoins, ma flèche a traversé sa gorge. Il perd trop de sang. Il me regarde, les yeux grands ouverts, il me parle. Comment cela est possible ? Je l'ai enterré il y a plus d'un mois. Il aurait survécu ? Il m'aurait rejoint en secret, et moi, je l'ai tué ? Il grommelle. J'approche mon oreille près de sa bouche. Pour comprendre. Pour entendre. Je tremble. Je ne comprends plus rien. Pourtant j'entends. Je l'entends. Il me dit *« Une fois de plus »*. Mes yeux croisent les siens, il a un spasme, il m'attrape par la manche, me serre le bras. Très fort. Trop fort. Son expression change. Il semble furieux. Il répète. *« Une fois de plus. Tu me tues, une fois de plus. »* Un dernier râle et il rend l'âme, dans mes bras. Je l'ai tué. J'ai tué Nabur. J'ai assassiné l'homme qui m'a élevé. Mon père. Je ne veux pas qu'il meure. Pas encore. Pas dans mes bras. Pas à cause de moi. Je me mets à hurler. Mais Accolon ne vient pas. D'ailleurs, il n'y a plus aucun bruit dans la forêt. Le rayon de lune qui nous éclaire se met à me brûler. J'ai chaud. Trop chaud. J'ai mal. Ma tunique prend feu. Je sens ma peau fondre progressivement, mes os craquer, mes dents grincer. J'ai mal. J'ai mal ! La douleur devient insoutenable. Et

Accolon qui ne vient pas. Que ça s'arrête. Je veux que ça s'arrête. J'ai trop mal !

Réveil en sursaut. Une fois de plus. Je me sens lourd, j'ai chaud. La sueur a imbibé ma tunique. Une fois de plus. Mon visage ruisselle. Ces derniers temps, je n'arrive plus à différencier la réalité de mes songes. Cette nuit, j'ai tué mon père. J'ai tué Nabur. *« Une fois de plus »* ... Ces mots résonnent encore dans mon esprit. Je lève les yeux au ciel. La lune est pleine. Mais elle ne brûle pas. Elle est comme une mère pour moi. Un point de repère. Un point de chute. J'ai trop chaud dans ma tunique. J'ai trop sué. Je me lève sans faire de bruit. Je prends mon arc et mes flèches, ainsi que mon sac. Je projette de la terre sur les braises du feu. Ne pas laisser de traces, comme Accolon me l'a appris et répété. C'est ce que je fais. Je ne laisse pas de traces. Je suis son enseignement. Et quel enseignement. C'est drôle que j'aie rêvé de lui. Que j'aie rêvé de sa présence. Cela va faire un mois qu'il m'a abandonné dans cette vaste et sombre forêt. C'est sa façon de m'endurcir. C'est archaïque. Mais depuis ce fameux jour, depuis cette promesse qu'il m'a faîte, je suis prêt à tout. Peu m'importe les étapes qu'il me faut traverser.

Ce qui est paradoxal avec la mort, c'est que lorsqu'on y a assisté, qu'on l'a donnée, plus rien ne nous fait peur. C'est censé nous terrifier la mort, et pourtant elle annule nos craintes. Il y a quelque chose qui se brise en nous. Et c'est irréversible. De gros sacs de chair et de sang, voilà ce que nous sommes. C'est presque trop simple. Ôter une vie, c'est comme plonger d'un très haut sommet. C'est surprenant à première vue, mais une fois qu'on l'a fait, ce n'est pas si exceptionnel. C'est aussi froid, par contre. Et ça rend malade. Parce qu'une fois qu'on a vécu la mort, quelque chose nous pousse à la rencontrer encore. Donner la mort, c'est insulter les Dieux. C'est leur dire que nous aussi on peut le faire. C'est caresser l'absence de vie de si près qu'on s'en sent éloigné. C'est creuser un fossé avec elle, mais le creuser dans le corps d'un autre. Un cœur qui s'arrête de battre, c'est comme un requiem. Le volume diminue progressivement, pourtant chaque battement semble plus fort. Comme si cet organe cherchait à tenir bon. Comme s'il souhaitait s'arrêter dans un énorme fracas. J'ai un cœur puisque je vis. Puisque je marche dans cette forêt, éclairé par la lune. Puisque je respire l'air frais, mais pas suffisamment pour calmer cette chaleur dans mon corps. Puisque j'entends le vent contourner les feuillages de ces grands arbres qui m'entourent. Puisque je vois mon ombre bien plus grande que moi s'étaler sur le sol. Puisque je ne parle plus.

Je poursuis ma marche. J'avais repéré un ruisseau qui bordait la forêt lors de ma dernière chasse. Je le retrouve. La lune se reflète dans l'eau. Il n'y a pas de courant, pas de mouvements, pas de vagues. Je me déshabille, la tunique me colle au corps, j'ai dû mal à m'en extraire. Même mon pantalon a épousé les formes de mes jambes et se prend pour une seconde peau. J'entre dans l'eau. Elle est froide. Glaciale. Pourtant j'ai encore chaud. Je brûle toujours de l'intérieur. Alors je m'immerge. Je regarde la lune qui se disperse derrière ce voile aquatique. Je retiens ma respiration. Mon corps est si lourd que j'ai l'impression de pouvoir rester ainsi des heures. La respiration ne me manque pas. Je suis bien. Je sens mes cheveux onduler, mon corps se rafraîchir, enfin. J'émerge. Je passe mes mains sur mon visage, elles sont encore chaudes, mais je ne brûle plus comme avant. Je reste un moment dans cette eau qui me semble tiède alors que ma peau devient bleue. Mais mon sang, lui, est chaud. Je sors. Je me sens sain, propre. L'eau gelée a cette vertu d'agir au-delà du corps, elle nettoie l'âme. Elle évacue l'espace d'un instant tous les troubles de l'esprit. Je me rhabille. Mais alors que j'ai fini de mettre mes chaussures et que je m'apprête à enfiler ma tunique, je l'entends. Perçant l'air, modifiant l'équilibre, le calme, je la ressens. Cette lame qui se dirige vers moi à toute vitesse. Je l'esquive et la vois finir se noyer au fond du ruisseau. Je n'ai pas le temps de réfléchir. J'ai cet instinct qui me pousse à rester sur mes gardes, à contrôler mon corps et à être attentif et réactif. C'est ça l'instinct de survie ? Les sons se reproduisent, je saisis mon arc et tire une flèche dans la direction d'où proviennent les lames, enchaînant une roulade pour les esquiver. Rien. Je n'ai même pas surpris mon assaillant. Il apparaît alors, courant à toute vitesse vers moi. Je saisis une flèche, je tire. Puis une autre. Puis une autre. Rien n'y fait. Il est trop souple, trop rapide. Qui est cet homme qui cache son visage ? Il sort son épée et me porte un coup à la tête. Bon. Il n'est pas là pour rire. Il veut me tuer. Je pare son coup avec la corde de mon arc. Il semble surpris. Il ne sait pas que cette corde est spéciale. Éliette. La belle Éliette. C'est elle qui m'a offert cet arc, elle qui m'a confectionné cette corde avec ses cheveux aux propriétés magiques. Mais je ne dois pas y penser. Trop tard. Il saisit l'occasion et me frappe d'un grand coup de pied dans le torse. Il me propulse dans le ruisseau. J'essaye de me redresser le plus vite possible, de reprendre appui. Il lance de nouvelles lames, cette fois-ci je n'ai pas le temps de les esquiver. Je les sens se planter dans mon épaule droite, déchirer ma chair. Trois lames, trois petites lames qui me transpercent et me vident d'une partie de mon sang. L'eau du ruisseau se mélange avec. La lune qui se reflétait dans le courant devient rouge. Mon bras droit est paralysé, je suis incapable de me saisir d'une flèche dans mon carquois. C'est la fin. Le type me nargue. Il avance vers moi d'un pas léger, confiant. La lune l'éclaire. Je distingue alors le symbole sur son tabard. Un Décroisé ! La haine me monte à la tête en l'espace de quelques secondes. Je n'ai plus peur. C'est la fin. Pour lui. Je vais tuer cet enfoiré ! La douleur ne m'effraie pas, malgré les trois lames dans le bras, je tire sur le muscle que je sens se déchirer un peu plus. Et je l'attrape la flèche dans mon carquois. Et je la lui tire dessus la flèche de mon carquois ! Je le rate très largement, il l'esquive à peine. C'est la fin. Pour lui. Diverti par mon tir raté, il ne me voit pas retirer les lames de mon épaule et les lui envoyer dans le corps. Touché. Il est au sol. Je flotte dans l'eau carminée. La haine se dissipe. L'adrénaline aussi. La douleur fait son retour. J'ai mal. J'essaye de ne pas me noyer, de revenir à la rive, mais c'est alors que je le vois. Debout. Pas blessé pour un sou. Il me dévisage. Je connais ce regard. Accolon retire son masque et son tabard, laissant découvrir un plastron qui l'a protégé des lames. Il semble satisfait. Je n'ai pas la force de réagir ou de dire quoi que ce soit. J'ai mal. La lune se dissipe, mais c'est mon esprit que les nuages recouvrent. Accolon s'approche de moi, puis disparaît. Noir. La douleur à l'épaule me relance.

    Réveil en sursaut. Une fois de plus.

V – L'enquete

– Tiens, toi, là, va me chercher une bouteille et deux coupes. Allez ! Isaac. Isaac ! Bon, et bien qu'est-ce que tu faisais, bon sang ? Quand je t'appelle, tu rappliques, c'est clair ?

– Veuillez m'excuser, mon général. Je rentre tout juste.

– Et bien moi aussi, et les nouvelles sont bonnes, héhéhé. Bon ça vient ce vin ? Bon Dieu, mais qu'est-ce qu'elles foutent ?... Bon. Alors ? Et bien ? Au rapport !

– Rien à signaler.

– Mais je m'en contrefiche de ton jargon militaire. Raconte !

– Et bien... Rien à signaler.

– Tu m'emmerdes. Tu crois vraiment que j'ai quelque chose à faire de ta petite virée ? Je veux faire la conversation, c'est tout. Si on ne peut même plus faire la... Ah, bah quand même, c'est pas trop tôt. Allez, servez-le, lui aussi, c'est un jour de fête. Tiens et puisqu'aujourd'hui je suis de bonne humeur, vous pouvez prendre congé vous et vos collègues. Héhé, grand prince, n'est-ce pas ?... N'est-ce pas ?!... Bon. Qu'est-ce que je disais moi déjà ?

– Vous me demandiez de vous faire la conversation, général.

– Oui, non, ta gueule. C'est moi qui parle. Grandes nouvelles, Isaac. Grandes nouvelles...

– En effet, vous semblez de bonne humeur. J'en déduis que le sommet des généraux Décroisés s'est bien passé ?

– Tu déduis bien, Isaac. Tu déduis bien. Alors, oui, Môsieur Ganon n'a pas jugé utile de nous faire l'honneur de sa présence, mais c'est tant mieux ! Je peux pas me l'encadrer, lui et ses grands airs... Pff. Bref, il a été décidé que Farengoise m'appartenait officiellement. C'est moi le taulier à présent. Ils ont particulièrement apprécié la capture et l'exécution de Lamorak, ils jugent donc que tout Farengoise me revient de droit. N'est-ce pas une nouvelle merveilleuse ?

– Merveilleuse, mon général.

– Mmm, oui. Un peu plus d'entrain, ça t'arracherait les gencives ? Enfin, passons. Les opérations peuvent donc commencer ! Nous allons faire de ce comté un véritable autel à l'Ordre des Décroisés. Je tiens à ce que nous soyons les plus efficaces en ce qui concerne les lois.

– Les lois, général ?

– Oui, les lois, Isaac. Nos lois. Mes lois. Héhé. Autant te dire que j'ai pas mal d'idées derrière la caboche. En commençant par la régulation de l'importation des marchandises et des caravanes étrangères. Oui. Tous les culs terreux, et surtout les faces terreuses, si tu vois ce que je veux dire, hop ! Dehors ! Ça fout le camp. Nous allons également nous axer sur une nouvelle campagne de recrutement des Décroisés. Je veux que tu t'en charges. Débrouille-toi pour me trouver des perles, des qui n'ont pas froid aux yeux. On va changer la face de ce comté, et ainsi mon image sera valorisée aux yeux du Saint Patron, qui acceptera peut-être même de me faire devenir son bras droit ! Héhé ! Je suis le mieux parti de tous les généraux pour accéder à ce titre.

– Je croyais que le bras droit du Saint Patron était justement le général Ganon ?

– Oh, ça va ! Ne viens pas jouer le rabat-joie un jour de fête. Et puis non, il n'y a absolument aucun papier officiel qui stipule un tel traitement de faveur. On a le même grade. Point.

– Le Saint Patron était-il présent à votre sommet, général ?

– Bon sang, tu as le don d'appuyer là où ça fait mal, Isaac. Tu le fais exprès ? Non. C'est un larbin qui nous a lu son allocution. Il est très pris par des affaires privées, mais il me félicite ouvertement pour mes faits récents. Héhé.

– Je ne peux que comprendre votre enthousiasme et votre satisfaction, en ce cas.

– Héhé. Mmm. Berk. Il est dégueu ce rouge. Hé ! Larbins ! Un autre vin, larbins !!!

– Vous leur avez donné congé, général.

- Ah oui, mince. Bon, tant pis. Au fait, où en est cette affaire concernant les recrues Décroisés retrouvées mortes ?
- Je suis toujours en investigation dessus, général.
- Bon, bon. Tu as des pistes ?
- En effet, général. J'ai consulté les archives et la répartition des régiments Décroisés. Il s'avère que les deux recrues faisaient partie du même régiment.
- Le tuteur, Isaac. Le tuteur ?
- Le général Thorvald, général.
- Thorvald ? Tu veux dire... L'autre Thorvald ?
- Mon frère cadet, général.
- Oh ! Comme c'est imprévu ! Comme c'est intéressant ! Voilà une enquête qui retient une bonne partie de mon attention. Tu dois te sentir très concerné, j'imagine ? Très investi d'une quelconque quête de vengeance, n'est-ce pas ? Héhé.
- Je suis les ordres, général. Je ne fais que mon travail.
- Ah... C'est pour ça que tu me plais bien. Un roc. Une péninsule. Un cœur de pierre, j'aime ça. Et bien je te souhaite bonne chance, et peut-être retrouveras-tu ton frère par la même occasion ? Je te le souhaite. Allez... Rampez. Puisque tu aimes tant ces termes à la con.
- Général…

--

- Isaac ?... Psst !
- ... Il y a quelqu'un ?
- Oui, Isaac ! Psst.
- Ewen ? C'est toi ?
- Je t'attendais.
- Tu ne devrais pas, il ne faut pas que Thirel le découvre. Nous devons être prudents.
- C'est toi qui dis ça. Cela fait des mois que tu te mets en danger pour rien.
- Ce n'est pas pour rien. Mon frère n'est pas rien, Ewen.
- Excuse-moi, ce n'est pas ce que j'ai voulu dire, tu le sais bien. Mais depuis que tu as entrepris cette enquête, tu as complètement changé, je ne te reconnais plus.
- Ewen...
- Et l'on ne se voit plus.
- Ewen...
- Je me demande si tu m'aimes encore.
- Ewen ! Rien n'est plus important que toi. Sans toi, je serai devenu fou, ou je nourrirai les vers. Mais tu as raison, cette mission me monte à la tête, parce qu'elle s'avère bien plus sérieuse que prévu. Je pensais enquêter sur un banal double homicide, mais il semblerait que ces deux morts soient liés à quelque chose de plus dense, et notamment à mon

frère. Je veux comprendre ce qu'il s'est passé. Et je veux découvrir ce que manigance réellement l'Ordre, car quelque chose ne va pas. Ça ne tourne pas rond. Je suis peut-être borgne, mais pas aveugle.

– Tu vas finir par te faire tuer...

– Ne t'inquiète pas pour moi. Je suis loin d'être rouillé.

– Puisque je suis toujours là, et que toi aussi, et que le général Thirel est parti... Peut-être pourrions-nous rester ensemble cette nuit ? Tu me manques...

– Tu me manques aussi, mon amour. Je connais un endroit où nous pourrons être à l'abri des regards indiscrets. Retrouve-moi à l'Auberge des Pins Jumeaux dans deux heures.

VI – LE HEROS

« Voilà plusieurs lieux que je progressai seul dans la noirceur de la nuit. J'atteignais enfin le haut de la colline et me retrouvai face à cette vaste plaine déserte et lugubre. Les cieux se couvraient d'épais nuages gris, et la lumière lointaine de la lune semblait rougir. Il n'y avait pas âme qui vive, pourtant j'étais au bon endroit, de cela j'en étais sûr. Les villageois m'avaient désigné le sommet de cette colline, apeurés, se plaignant de la disparition de leurs bêtes et de hurlements diaboliques dont l'écho se propageait dans tout le comté, les empêchant de dormir. Tous faisaient d'horribles cauchemars depuis un moment, et ce qui les terrifiait le plus au réveil était leur récit : ils vivaient tous la même scène d'horreur dans leurs songes. Un rêve commun, en somme. Deux grands yeux rouges les fixaient et une Ombre prononçait une sorte de rite : *"D'en haut je vous guette, de vos troupeaux je m'alimente, dans vos nuits je vous hante, et de vos vies je tire profit. Plus de sang, je le réclame. De jour, amenez-moi votre bétail. Osez me défier et vous périrez. Votre nom retentira dans un grand fracas, couvrant le son de vos os qui craqueront sous mon poids. Je suis votre Dieu à présent."* Bien sûr, lors me ma halte au village où je pris les renseignements concernant ce démon, je vécu ce rêve troublant. On m'avait conté que certains braves avaient tenté avant moi de se charger du monstre de la colline, mais à chaque fois leurs noms retentirent du haut du sommet et on ne les revit jamais plus. Cela avait de quoi inquiéter. J'avais été suffisamment intrigué pour décider de me mettre en route. J'étais donc arrivé sur place. Mis à part les ténèbres de la nuit et un temps qui semblait se couvrir, rien ne laissait présager une quelconque présence maléfique. Mais c'est alors que la météo changea à une vitesse anormale. Rapidement les nuages se rassemblèrent. Il se mit à pleuvoir. Un peu, puis de plus en plus fort. Jusqu'à ce que je sente les gouttes me battre le visage. J'étais vêtu de ma tunique de moine, aussi rabattis-je mon capuchon pour me couvrir. Ma vue s'affaiblit encore plus, je décidai de poursuivre ma marche, ne me laissant pas distraire par ces étranges événements. Il y eut alors un craquement sous mon pied gauche. Alors même que je me demandai sur quoi j'avais pu marcher, il y eut un premier éclair qui illumina subitement toute la plaine. À mon plus grand effroi, je découvrais alors un cadavre squelettique auquel je venais malencontreusement d'écraser le mollet. Une succession d'éclairs bleutés me fit découvrir par flashs plusieurs autres cadavres se répartissant plus loin dans la plaine. Les squelettes étaient partiellement recouverts de reste de chair, on aurait dit qu'ils avaient été rongés. Il y avait surtout du bétail mort, mais certains de ces cadavres étaient des hommes, les braves qui avaient souhaité éradiquer le monstre. Il y eut une tension dans l'air, alors que la pluie tombait de plus en plus fort et de plus en plus vite, et que les éclairs stroboscopiques illuminaient le terrain tout en m'aveuglant de leur lumière. Je sentis le danger s'approcher, je n'allais plus être seul très longtemps. Quand soudain, BAM ! »

Les enfants sursautèrent, certains poussèrent de petits cris aigus de stupeur. Certains des parents sourirent, soit de la réaction de leurs enfants, soit de la gêne que leur provoquait le sentiment d'avoir également été surpris par le récit de Frère Jeannot. La place de Farengoise était encadrée de torches et tous étaient assis autour du moine. Certains des Frères de l'abbaye étaient également présents, venus écouter le récit de Jeannot, profitant de son état de sobriété durant lequel il s'avérait être joyeux et très sympathique. Les rares fois où cela arrivait, le même schéma se présentait. Jeannot prenait l'initiative de se rendre sur la place de village et invitait petits et grands à écouter ses aventures passées. Rodron était également là, se tenant à l'écart, bien plus dubitatif et moins enthousiaste que le reste de l'assemblée. Fier de son effet, Jeannot eut un sourire en coin avant de reprendre son histoire.

« Un énorme éclair venait de toucher le sol à quelques lieux à peine de l'endroit où je me trouvai. Le tonnerre se mit à gronder, s'espaçant entre chaque éclair bleutant les cieux couverts de sombres nuages. Quelque chose approchait. C'était le monstre. Pourtant, alors que la peur aurait dû me gagner, quelque chose en moi m'interdit de paniquer. Je ne saurai l'expliquer, mais je sentis au plus profond de moi que je ne risquai rien. L'apparition s'était pourtant bien faite, un démon partageait les mêmes terres que moi, mais je me demandais pourquoi il ne m'était encore rien arrivé. Après tout, l'éclair aurait pu me toucher, et ça en aurait été fini de moi. Néanmoins il m'avait semblé être tombé par pur hasard. Comme si le démon n'y était pour rien. Il faisait lourd, il était difficile pour moi de bien voir, mais je tachai de lever mon capuchon pour avoir un champ de vision, le plus restreint soit-il. Rien. Personne. Pas la moindre trace d'un démon ou de l'Ombre présente dans mon cauchemar. Les flashs continuèrent, et alors je compris. Plutôt que de chercher mon ennemi à l'aveuglette et sans la moindre idée d'où il pouvait se trouver, je me concentrai sur la plaine. Sur les cadavres. Je remarquais alors une chose tout à fait surprenante. Même si les squelettes d'animaux étaient un peu répartis au hasard sur la colline, ceux des quelques malheureux humains étaient disposés de manières très semblables. Près de rochers, contre des arbres ou sur des tas d'arbustes ou de pailles. Comme s'ils avaient été tués... Dans leur sommeil. C'était là la clé ! Le démon ne pouvait se manifester que dans le sommeil des hommes. Il était bien trop faible pour prendre forme physique ou même manipuler la météo, non, le temps n'était qu'un pur hasard. Le pouvoir du monstre lui permettait seulement de communiquer à travers les songes et de profiter de la faiblesse statique et impuissante qu'imposait le sommeil aux hommes. Quant aux prénoms qu'il hurlait en écho, il devait les subtiliser dans le cauchemar de ses proies et se servir des quelques forces qu'il retrouvait après s'être nourri de leur chair pour terroriser le comté et se faire passer pour un être puissant. J'avais compris le subterfuge, il me fallait maintenant trouver un moyen de me servir de mes découvertes pour me retourner contre lui et le détruire une bonne fois pour toutes. Je réfléchis un moment, puisant dans les éléments m'entourant pour trouver la paix intérieure et développer une stratégie d'attaque. Alors je sus. Je possédais absolument tous les facteurs me permettant de le tromper et d'en venir à bout. Les conditions météorologiques qui m'avaient premièrement dérangée et qui avaient flouté mon jugement sur le démon allaient devenir mes meilleures alliées. Je calculai le temps entre chaque apparition d'éclair et le grondement du tonnerre qui s'en suivait. Puisqu'il se nourrissait de la chair des corps, il lui fallait prendre une forme plus ou moins physique le temps de dévorer ses proies, ce serait mon créneau pour l'éliminer. Je préparais ma dague, la cachant dans la manche de ma robe. Je fis le vide dans ma tête et entrai alors en méditation, à un stade se rapprochant le plus possible du sommeil. L'appât fonctionna. Le démon entra dans mon esprit, je le sentis se glisser dans mon oreille, murmurant de sa voix rauque et sifflante, et apparaissant progressivement, ses grands yeux rouges se mettant à briller dans la brume de mon esprit. *"Je t'ai enfin capturé... Quel est ton nom ?"* Petit à petit les yeux rouges eurent un corps. Il s'agissait d'une sorte de grand loup se tenant sur ses pattes arrière, les crocs jaunes sortant de sa gueule pleine de bave, le museau humide. Son corps était charnu sous les poils gris, comme s'il avait été blessé ou mordu récemment. Il était grand et très fluet. *"Quel est ton nom ?! Dis-le-moi, tu es mon prochain repas. Si tu me le donnes, j'accepte en échange de ne plus hanter les tiens. Tous ceux dont le sang aura la même odeur que la tienne seront épargnés."* C'était ainsi qu'il opérait. Il jouait sur la corde affective pour extirper le nom de ses victimes. Les malheureux étant tous pères ou frères, ils possédaient sûrement une famille qu'ils souhaitaient au moins protéger dans leurs derniers instants de vie. Le démon ne respectait même pas sa promesse puisqu'à mon arrivée au village tous certifiaient être atteints par ces cauchemars. Aucun honneur. Je souris avec provocation et le fixa droit dans les yeux. *"Oh tu le veux mon nom, et bien le voici : je suis Frère Jeannot de l'Entonnoir !"* Le monstre éclata d'un grand rire et se lécha les babines en me fixant tel un gros morceau de viande. J'entendis alors un hurlement, mon nom, mais il ne venait pas de mon rêve, il venait de la réalité. Il y eut des pas rapides, une haleine putride se rapprochant de mon nez puis le son du tonnerre. Un son si fort qu'il m'extirpa de ma méditation. Je sortis vivement la dague de ma manche et la planta dans ce qui s'approchait de moi. Les crocs du monstre n'étaient qu'à quelques centimètres de ma jugulaire. Mon timing avait été parfait. Le monstre me fixa un moment avec de grands yeux rouges emplis d'incompréhension. Je l'avais trompé, et c'est ce dont il se rendit compte avant de rendre son dernier souffle de vie. Quand un démon prend forme physique, il s'expose à la mortalité. Tant qu'il n'est qu'une ombre, il peut planer et terroriser, mais il lui est impossible d'agir sans prendre consistance. Il était donc bien mort. Je sortis la dague de sa chair. En l'observant je me rendis compte qu'il était bien plus petit et faible que l'apparence qu'il avait prise dans ma vision. Ce n'était ni plus ni moins qu'un vieux chien galeux dont on distinguait les os sous la peau. Ainsi j'avais vaincu le monstre de la colline et les villageois purent retrouver un cycle de vie normal, sans craindre à nouveau d'être hantés dans leur sommeil ou de ne plus retrouver leur troupeau dans la colline. Mon histoire s'achève les enfants, et si l'on peut en tirer une morale, c'est qu'il ne faut jamais se laisser berner par la représentation de nos peurs, que ce soit dans la vie ou dans nos songes. Car souvent ce qui nous fait peur n'est pas si dangereux. L'orage m'a permis de vaincre un terrible démon, qui ne s'avérait au final n'être qu'un chien abandonné. Ne laissez jamais vos peurs prendre le contrôle de vos sens et de vos émotions, car c'est bien là que vous vous mettrez en danger. Allez, il est l'heure de se coucher ! »

Les parents et les enfants applaudirent. Plusieurs bambins prirent Jeannot dans leurs bras, le remerciant pour son histoire et lui promettant qu'eux aussi ils arriveraient à combattre leurs peurs et qu'ils se battraient contre les forces obscures plus tard. Les parents semblaient satisfaits de la morale, bien que certaines mères s'offusquèrent discrètement de la violence du récit. Petit à petit la place se vida, on éteignit les torches. Jeannot regarda les étoiles. Si seulement il lui était possible d'appliquer cette morale à sa propre peur. Sa véritable peur. Il se mit en route pour retourner à l'abbaye. Il était tard, et il lui faudrait travailler demain. Pour une fois qu'il n'avait pas envie d'alcool, il comptait bien se rendre utile. Une ombre se dessina alors sur le chemin de terre. Rodron l'attendait, le visage dur. Il applaudit Jeannot, non sans un sarcasme qu'il ne prit pas la peine de dissimuler.

- Félicitations Jeannot. Très beau récit. La prochaine fois peut-être pourriez-vous raconter aux enfants une autre de vos aventures. Je ne sais pas moi, peut-être celle où vous deviez nous mener jusqu'au Golem et où vous avez tout fait foirer.
- Gamin...
- Celle où par votre faute je n'ai pas pu être aux côtés de mes amis lorsqu'ils ont dû affronter les Décroisés et contre lesquels ils n'ont pas pu lutter !
- Tu ne peux pas me rendre responsable de cette horreur !
- Non c'est vrai. Je suis le seul responsable. Le gentil Rodron qui n'a jamais son mot à dire... Si j'avais été un peu plus dur, cela ne serait jamais arrivé !
- Rodron... Tu ne peux pas blâmer le monde entier, mais tu ne peux encore moins te blâmer toi. La vie

est ainsi. Rien n'est vraiment prévisible, et rien n'est définitif non plus.
- Venant d'un alcoolique notoire, je ne sais pas comment je dois le prendre. Bonne nuit, le héros...

Rodron partit d'un pas rapide, laissant Jeannot seul et démuni face à ces reproches dont le poids se matérialisa comme une énorme boule au ventre. Finalement, ce soir Jeannot boirait toute la nuit, pour oublier un peu plus qu'il ne peut pas oublier.

VII – Entwan de Montsanlieux

Père,

Voilà neuf mois que je me suis enrôlé dans l'Ordre des Décroisés. Je sais que vous étiez contre et que mon départ précipité vous a déplu. Je vous sais contrarié et déçu, père, mais je pense être en âge de prendre mes propres décisions, avec les conséquences et répercussions qu'elles impliquent. Je ne suis plus un enfant. Que vous ne compreniez pas les motivations de cette décision me chagrine. Bien sûr que ce n'est pas une question d'argent. J'ai tout à fait conscience d'être de bonne naissance et que notre famille soit en mesure de m'apporter ressource et relations pour vivre dans les meilleures conditions qu'un jeune homme puisse espérer. Mais c'est bien de là que me vient cette volonté de partir : faire mes preuves.

Depuis toujours, j'ai tout possédé sans faire le moindre effort. La plupart des jeunes hommes de mon âge travaillent dans des fermes ou survivent du mieux qu'ils le peuvent, n'ayant pas d'autres options, mais ils gagnent ou perdent leur pitance, leur finance. Ils participent au jeu de la vie. Père, je ne renie en rien mes origines et mes rêves d'entrer dans l'Histoire, et participer à la croissance de notre royaume reste ma priorité abso-

lue. Certes, je pourrai d'ores et déjà intégrer l'armée et progresser en stratégies militaires, mais j'ai besoin d'être sur le terrain, de faire mes classes dans un milieu plus dur, qui me forgera une véritable âme de soldat, mais aussi d'homme éclairé sur son monde.

Les Décroisés m'apportent énormément. Vous ne savez pas tout sur l'état de notre royaume, père. Il ne ressemble en rien à ce que vous avez pu voir et connaître sous le règne d'Uther Pendragon. Notre Roi est décevant sur de nombreux points. Le monde évolue et les croyances se précisent. Nous sommes en retard. Pire, nous sommes dépassés. Mon expérience ici a illuminé l'esprit d'un enfant qui a toujours tout eu et à qui l'on a dicté un monde qui n'existe que dans les souvenirs d'un père qui a déjà bien vécu. Je vous demande de ne pas le prendre mal. Je n'oserai jamais vous offenser, et croyez bien que le refus de votre bénédiction concernant mon entrée chez les Décroisés me pèse sur le cœur, chaque jour qui passe, car vous êtes mon père, que je vous aime, et que je souhaiterai faire votre fierté. J'ai vécu tellement de choses en neuf mois, je sais aujourd'hui pertinemment que mon choix était justifié. J'ai certainement pris la meilleure décision de ma vie. Je suis promis à une véritable carrière politique au sein de l'Ordre, et bien que je connaisse vos réticences et votre jugement - pardonnez-moi de vous donner le fond de ma pensée - précipité et conservateur, sachez que le royaume est sur le point d'être bouleversé. Mon ascension chez les Décroisés m'a fait atteindre un titre important. Me voilà haut placé.

Je voulais que vous en soyez le premier informé. Je possède d'importantes informations concernant notre Ordre et son véritable potentiel, son pouvoir. Nous sommes en mesure de changer la face du monde, de modifier le style de vie de nos citoyens, de gagner les guerres et d'étendre notre royaume tout en épargnant de nombreuses vies. Logres dominera les continents. Nous en avons le pouvoir. Les Décroisés en ont le pouvoir. Je ne peux entrer dans les détails car ces informations sont privées et secrètes, mais je vous demande juste d'imaginer une refonte totale de la stratégie militaire, usant de techniques et de moyens bien plus modernes et efficaces, centrés principalement sur la dissuasion; une armée de soldats surentrainés - possédant des capacités d'attaques et de déplacements originales et encore jamais observées sur un champ de bataille, troublant les ennemis par leur efficacité - et progressant à une vitesse considérable, et ce en toute furtivité. Quant à nos défenses, il existe dans l'Ordre de fins stratèges et intellectuels concevant de nouvelles manières de nous protéger, de déplacer nos troupes via des zones stratégiques et en créant des alliances inattendues. Nous sommes le futur. On m'a dit que je deviendrai très probablement un homme important des Décroisés. Peut-être un proche conseiller du futur Roi. Car oui, pour que nous menions à bien notre projet, il nous faudra indéniablement changer le système actuel et renverser le gouvernement en cours, s'il ne s'est pas déjà autodétruit lui-même. Nous devons faire table rase. Il est venu le temps de bousculer les traditions pour évoluer. Un Nouvel Ordre pour un Nouveau Monde. C'est ce à quoi aspire le Saint Patron, c'est ce à quoi aspirent les Décroisés, car c'est ce à quoi aspire Dieu pour les hommes qu'il a créé et nous nous devons de le servir. Car il le vaut bien.

J'espère que ce courrier vous parviendra rapidement et que vous comprendrez enfin le sens de mes décisions et de mes actes. Je suis votre fils, votre sang, et notre lignée perdurera, elle est sur le point d'entrer dans l'Histoire.

Je vous salue et vous fais part de mes respects et de mes sentiments les plus sincères. Embrassez mère pour moi.

<u>*Entwan de Montsanlieux, du régiment Thorvald de l'Ordre des Décroisés.*</u>

Entwan posa sa plume, appliqua fièrement le sceau des Décroisés dans la cire rouge en pied de son parchemin et relut rapidement la lettre qu'il adressait à son père. Il était convaincu, il y avait mis tout son cœur. Son père ne pourrait peut-être pas comprendre, peut-être s'offusquerait-il pour la énième fois, mais cela ne lui importait plus, car Entwan avait fait son devoir de fils. Toute sa vie il avait pris sur lui pour honorer le nom de son père et aller dans son sens, mais cette période était révolue. À présent Entwan n'agissait plus que pour lui. Pour lui seul. Pour ses convictions. Pour son futur. Pour sa réussite, qu'il ne devrait qu'à lui-même. Entwan deviendrait prochainement un décisionnaire important de l'Ordre car c'est à cela qu'il avait aspiré, et on lui avait reconnu ses talents d'observateur, d'orateur, d'intellectuel, mais surtout de conquérant. Après tout n'avait-il pas été recruté et formé par Lui ? L'un des hommes les plus puissants et importants de l'Ordre. Il avait été placé spécialement dans le régiment Thorvald, pour faire ses classes auprès de l'élite. Car c'est de ce régiment que proviendraient les éléments les plus importants. C'est ce régiment qu'avait précisément quémandé le Saint Patron. Ce sont les Décroisés de ce régiment qui provoqueraient la chute du royaume.

Une ombre se dessina sur les pierres de la base. Quelqu'un était entré ? Une tunique verte, la lueur de la bougie se reflétant sur la lame d'une épée. Le sang éclaboussant le parchemin et se mêlant à la cire séchée, dégoulinant sur le sceau des Décroisés. Entwan bascula et s'écrasa sur le sol. Sa dernière vision fut celle d'une tête blonde le fixant avec sévérité. Déjà son assassin s'enfuyait, sûrement de l'endroit par lequel il avait pénétré le bâtiment. Entwan pensa à son père, une dernière fois. Ses yeux restèrent ouverts, mais il ne vit plus. Il était mort.

VIII – Secrets de bar

Bois ! Bois ! Bois ! Bois ! Bois ! Bois ! Bois ! Bois ! Bois ! Allez ! Ah ça, il a une sacrée descente, le bougre. Olé ! Par terre. Tiens, trucmuche, tu peux me ramasser le Bébère et le ramener chez lui ? A cette heure-ci devrait encore être chez elle, l'autre. Qu'elle s'occupe un peu de son vrai bonhomme, tiens, ça lui changera… Oui, je sais, je devrai pas prendre parti, c'est pas mes oignons, je sais. Mais quand même. Tu parles que le jour où ça t'arrivera, tu seras le premier à te plaindre du fait que tes proches ne prennent pas parti. M'enfin, je dis ça, mais on sait tous les deux que c'est pas demain la veille que tu trouveras ta belle. Surveille déjà ton hygiène dentaire pour commencer, trou duc. Les champignons c'est censé pousser en forêt, pas sur le palais… Oui bah j'y peux rien ! Ce soir, je suis pas d'humeur. Je sais pas. Y'a un truc dans l'air.

Non et puis merde, quoi. J'ai raté l'histoire du moine de l'abbaye et ça me met de travers. C'est devenu hyper rare ce genre de récit, et évidemment faut que toutes les sales poches du comté se décident à m'enrichir le seul soir où j'aurai souhaité fermer boutique. Font chier. Ce petit vieux, il en a fait des choses. C'est un héros le bonhomme. Pas de la trempe de ces chevaliers de pacotille qui protège une bougresse fortunée d'un chien qui aboie un peu trop fort dans le seul but de la ramener dans leurs pieux, non, non. Plutôt de la trempe de ces héros anonymes qui protègent des villages de créatures dont tu ne pourrais même pas soupçonner l'existence. De toute façon ton cerveau n'est pas suffisamment irrigué pour que tu puisses imaginer quoi que ce soit. Je les plains les types comme toi. Les terre à terre. Pas foutu d'imaginer, de créer ou de concevoir. Seulement bons à compter et à apprendre par cœur les sciences que d'autres se sont emmerdées à penser pour eux. Comment ? Non, mais bien sûr que je parle plus de toi. Je suis quasi certain que la seule chose que t'évoque le mot science, c'est œufs ou tomates pour assaisonner tes patates. Qu'il est con, je vous jure… Oui, oui, bon ça va. Pardon. Te mets pas à bouder, ça te fait une tête bizarre. T'es censé être triste pourtant on dirait que tu vas aller enlever un enfant avec une tronche pareille. Allez, pardon. Pour la peine, un petit godet offert. Rah, c'est pas mon soir. Je suis pas d'humeur. Et moi, c'est bien simple, les émotions c'est quelque chose que je n'arrive pas à cacher. Ça se voit sur ma tronche. Même si j'essaye de prendre sur moi, y'a rien à faire : tout le monde est au courant. Je suis un sensible, que veux-tu ? Tiens, pour ta peine. Et bah. C'est pas la marée haute très longtemps avec toi. Allez, je t'offre aussi la petite sœur. Héhé… Oh, je suis quelqu'un d'un peu dur parfois, c'est sûr, mais au final je suis pas bien méchant, tu sais. C'est pas évident de penser tout le temps.

Bah mince alors, quelle heure il est ? C'est pas un peu tôt pour que la bonne femme de Bébère aille voir son connard ? Attends, c'est pas la femme de Bébère, je dis des conneries… Tiens, jamais vu. Ça, à mon avis, ça sent le rendez-vous secret en auberge, ou je m'appelle pas Pipeule. Ah ah ! Qu'est-ce que je disais ? À peine dix secondes après : le bonhomme encapuchonné qui la rejoint. Tiens, tiens. Vu la silhouette, je parierai sur du soldat. Et vu la proximité de leur base, ça pue le Décroisé à plein nez, ça. Par contre, ce qui me titille c'est le capuchon du loustic. Depuis quand les Décroisés se cachent-ils d'avoir une vie sexuelle ? À moins que… Oui, ça doit être ça ! À mon avis, le bougre, c'est un haut placé. Un conseiller ou un garde du corps. Fumier, va. Oh, et puis merde, c'est la goutte de trop. Que ces meurtriers se la coulent douce ça m'emmerde, tout comme le fait d'avoir raté l'histoire du vieux Frère. Soirée pourrie. Pour la peine, je me la mets ! Tiens, suis-moi. Je vais te dévoiler ma petite cachette secrète.

Ah ça, c'est peut-être pas aussi spacieux que la taverne de l'autre escroc, n'empêche que j'ai mes ressources. Par là. Hop ! Bienvenue dans la réserve de Chez Pipeule ! Touche avec les yeux, vieil alcoolique. Alors ? Pas mal, hein ? Allez, hop. Ça, c'est de l'eau de vie de poire, mon copain. Ça va calmer un peu mon humeur. Hé ! Tu veux voir un truc vraiment classe ? Par contre motus, hein ? Si jamais ça se sait, je suis bon pour les cachots, moi. Je l'ai pas déclaré, et puis comme je l'ai découvert qu'après le processus administratif, bref, les papiers, les papiers, toujours les papiers, c'est chiant ! Dire qu'un bout de parchemin peut autant foutre la merde dans nos vies… Oui, j'y viens, j'y viens. Sois un peu patient, tudieu. Je fais monter le suspens, voilà. Tu n'aimes pas ça les intrigues, toi ? Lire entre les lignes ? Piocher les bons mots aux bons endroits, et les rassembler comme des évidences pour avoir un coup d'avance sur les autres ? Hmmm. Tiens-toi prêt car derrière cette étagère qui ne paye pas de mine et se casse à moitié la gueule se trouve... Un passage ! Bon, et bien ? Tu pourrais au moins lever un sourcil, non ? Tu vois pas ? Ce passage mène aux galeries souterraines du village ! C'est dingue, non ? Oh, et puis merde. À part passer ton temps à loucher sur les bouteilles, tu te fous absolument de ce que je dis, hein ? Allez, tu as gagné, on remonte...

Ça va me requinquer cette picole. Ça t'arrive de rêver à toi ? Non ? Non, bien sûr que non, en même temps avec tout ce que tu t'enfiles comme boisson, tu dois comater comme il faut, n'est-ce pas, mon cochon? Moi, je rêve énormément. Quasiment tous les soirs, en fait. De tout et de rien. Ce que j'aime dans mes rêves, c'est qu'ils ont l'air vrais. Je te jure, parfois ça en devient même compliqué de faire la différence avec le réel. Les rêves, ça mélange nos pensées, nos humeurs, nos envies et nos peurs. Ça va piocher dans notre imaginaire, mais aussi dans notre concret. Le langage, les lieux, les gens qu'on connait ou la représentation que l'on s'en fait. Ça mélange le tout, comme un cocktail. Et selon les ingrédients ça peut être fort, intense, amer ou simplement dégueu. J'adore rêver. Car la principale différence dans mes songes, c'est que j'ai une véritable sensation de contrôle. Surement du fait que cela se passe dans ma tête. J'ai la sensation d'être ouvert et réactif à tout ce qui m'entoure, à tout ce qu'il se passe autour de moi, là où dans la réalité, je me tais... Pourquoi tu te marres ? De ? Que je parle tout le temps ? Oui, tu as raison. Je parle tout le temps. Je dis tout ce qu'il me passe par la tête. Mais ce sont des ragots, l'ami. C'est presque mon métier de parler. C'est mon seul moyen de me sentir exister. Pourtant, crois-moi, dans ce vacarme de paroles, c'est surtout du cache-misère, celui de mon silence. En fait, je retire ce que j'ai dit précédemment. Ce n'est pas compliqué de différencier mes rêves de ma réalité. Dans mes rêves, je suis véritablement heureux. Je n'ai plus de rôle à jouer, tu vois… C'est pour cela que je bois. Pour retrouver un peu de rêve dans le réel.

IX – Imprevisible

... Imprévisible. Cet enfant m'étonnera toujours, je le crains. Il est à la fois extrêmement malléable et à la fois inatteignable. Je n'arrive pas à le cerner. C'est comme s'il fallait trouver par hasard son véritable centre d'intérêt, mais même comme cela, ça ne durerait qu'un temps. Ses pensées sont fugaces, et il ne réfléchit pas. C'est un impulsif qui se laisse guider par ce que lui dictent ses émotions sur le moment. Comment contrôler un tel être ? Il est bien trop aléatoire. Dame Morgane, vous m'avez confié là une mission bien plus ardue qu'il ne me semblait. Le voilà qui s'éveille à nouveau.

- Comment te sens-tu ? Ne me regarde pas comme ça, je t'ai promis de t'entraîner et de t'endurcir. La méthode ne concerne que moi. Non. Ne te lève pas, tu ne dois bouger en aucun cas. Laisse le temps au cataplasme de faire effet. Tu es bien conscient, tu m'entends et comprends tout ce que je dis ?

Il hoche la tête. Impressionnant. Il prend sur lui avec rage. Son corps se décontracte, ses yeux roulent sous ses paupières, pourtant il se bat pour rester éveillé. J'entends sa respiration. Il se concentre dessus pour garder l'équilibre et être en possession de tous ses sens. Il est tenace.

- Je t'enseignerai les rudiments et les vertus des plantes. Il te suffit d'écorces et de certaines fleurs et feuilles que je t'apprendrai à reconnaître et à utiliser. Après tout, tu te dois de posséder cette capacité. Ce savoir me vient de ta mère. C'est une experte en la matière.

Il pouffe. Malgré son état et les évènements passés, il a su garder son air sarcastique et impétueux. Quel sacré gamin. Il n'affectionne en rien ses liens familiaux, et je ne peux lui parler de sa mère sans prendre le risque qu'il interprète mal les révélations que j'aie à lui faire. Je ne peux me risquer de le perdre à nouveau. Il est bien trop important pour le plan. Bien trop important pour Morgane.

- Je suis très mitigé, Mordred. Entre ma surprise quant à ta facilité à t'adapter à ce mode de vie en solitaire et à cet environnement, et entre ma colère concernant ta réaction lors de mon attaque… Tu as eu les bons réflexes, tes tirs étaient précis, et malgré tout tu étais prêt à renoncer ? Si je n'avais pas porté cette tunique Décroisée, tu te serais laissé tuer. Tu ne peux pas te reposer sur ta haine pour agir, Mordred. Ce doit être un moteur, pas un déclic. Je pensais que tout un mois en forêt te permettrait de prendre du recul et de te concentrer sur tes objectifs, pourtant cet évènement est une preuve irréfutable de ton immaturité. Tu m'as dit vouloir anéantir l'Ordre des Décroisés, et je t'ai fait la promesse de t'aider dans cette tâche, t'en souviens-tu ?

Évidemment qu'il s'en souvient. Comment pourrait-il oublier ce moment tragique de sa vie ? C'était pour moi-même l'une des expériences les plus dures depuis des années. Ma stratégie pour contrer l'entreprise des Dieux de révéler ses origines à Mordred a coûté la vie à un innocent, son père adoptif. Hélas, dans toutes les stratégies, il faut savoir supprimer certaines pièces du jeu pour progresser. Il hoche à nouveau la tête, les yeux fixés dans le vide. Son état s'est stabilisé. Il est complètement conscient. Il écoute sans ciller. Je suis dur, pourtant il ne dit rien. Mais je sens sa hargne, sa fougue. Je sens qu'il se tempère. Je me suis trompé. Il a grandi.

- Tu n'as pas grandi. Je suis un homme de parole, mais ma promesse ne pourra s'appliquer à un enfant capricieux et impulsif. J'ai besoin de tout le potentiel de l'adulte qui est en toi, et je vois dans ton regard qu'il s'est éveillé. Les tragiques évènements l'ont sorti de sa période de jouvence…

Il resserre sa mâchoire. L'évocation de la mort de Nabur est encore trop douloureuse pour lui. Ses yeux brillent à la lueur de la lune. Mais il ne pleure pas. Je pense qu'il ne pleurera plus, à présent. Il me fait un petit peu penser à moi à son âge.

- Je te laisse quelques jours pour retrouver des forces et laisser le temps à tes plaies de cicatriser. Après quoi, nous commencerons un entraînement plus intensif, notamment en ce qui concerne le maniement de ton arc. Il va nous falloir travailler sérieusement ta rapidité et ta précision et se servir de cette caractéristique particulière de la corde de ton arc. Tu as un véritable don en tant qu'archer, c'est indéniable, mais il te faut te préparer à combattre des cibles entraînées, qui n'ont rien à voir avec le gibier que tu chasses.

C'est vrai. Je ne m'attendais pas à une telle rapidité de tir. Lors de mon assaut, je comptais le surprendre et le jauger sur sa capacité à fuir et à se cacher dans un environnement ouvert, mais à la place, et d'instinct, il a préféré me faire face. Ses mouvements étaient justes et ses réactions parfaites. Il a contré mon attaque à l'aide de son arc magique. Il ne m'en avait jamais parlé jusqu'alors. Ce garçon est plein de ressources et, mieux encore, il sait s'en servir à bon escient. Sa formation va être bien plus rapide et intéressante que prévu. Bientôt sera-t-il peut-être même capable de me vaincre. Il sera une arme redoutable et dangereuse pour notre armée. Le Prince d'un tout nouveau royaume.

- Les choses ont changé du côté de Farengoise et des villages voisins. Des généraux Décroisés ont été assignés à chaque comté. Des troupes de plus en plus grandes prennent possession de bases et contrôlent les fiefs, gèrent les flux de marchands et de caravanes étrangères ou migrantes. Il va nous falloir agir très rapidement pour les surprendre et les déstabiliser. Mais pour le moment, tu n'es pas encore prêt.

Il continue d'écouter sans rien dire, sans même me jeter un regard. Mais la détermination est visible, je la perçois à travers son visage impassible. À quoi peut-il bien penser ? Qu'imagine-t-il ? Que ressent-il ? Je me choque moi-même d'être aussi intrigué par ce môme. Cet enfant. Mon disciple à qui je dois tout apprendre. Mon protégé.

- Dors à présent, et tâche de t'apaiser. Ton sommeil ne sera pas réparateur si tu te laisses submerger par tes émotions ou si tu te perds dans tes songes. Je vais allumer un feu et aller chercher de quoi nous nourrir. Et puisque te voilà immobilisé pour plusieurs jours, dès demain je tâcherai de t'enseigner la médecine par les plantes.

Il ne dit rien, toujours rien. Pas un râle, pas même un rictus alors que je ne lui laisse aucun répit. Mais je perçois un léger sourire en coin. Il se tourne, se recroqueville quelque peu sous sa cape.

- *Merci, Accolon.*

Que dire de plus ? Imprévisible…

X – L'ALERTE

Une corne retentit, suivie d'une autre pour relayer l'urgence. L'opération se répéta jusqu'à ce que les petites maisons de Farengoise s'éclairent les unes après les autres. Certains hommes sortirent afin de comprendre de quoi il était question. Quelques bambins soulevèrent les volets de leurs chambres afin d'observer l'agitation général.

- Rentrez chez vous et n'en sortez pas ! Oye ! Tous les soldats Décroisés sont appelés à se rassembler. C'est un ordre ! Bloquez les frontières du village ! Alerte de niveau 2 !

À ces mots, de nombreux Décroisés se précipitèrent à l'extérieur de la caserne ou des bordels dans lesquels ils avaient commencé leur nuit, se refroquant en vitesse, d'autres courants en chemise de nuit, les armes sorties.

Isaac sortit de l'auberge, revêtant son capuchon, suivi d'Ewen.

- Nous allons avoir des problèmes ? C'est de notre faute ?
- Non, bien sûr que non, ma belle. Reste ici ce soir. Dès demain, rassemble tes affaires et quitte le Comté.
- Quoi ? Mais qu'est-ce que tu racontes ?

- C'est devenu trop dangereux ici. Il s'agit d'une alerte de niveau 2, d'un meurtre d'un Décroisé important.
- Le général Thirel ?
- Je ne pense pas, non. Mais après les deux premiers meurtres que nous avons réussi à taire, cette alerte risque de bouleverser le Comté. Je t'en prie, tu dois partir.
- Mais ce n'est pas juste, Isaac ! Et nous dans tout ça ?
- Il n'y aurait jamais dû y avoir de nous. C'est trop dangereux pour toi, et cela me déconcentre dans mon travail.
- Comment ? Comment oses-tu me dire une chose pareille après la nuit que nous venons de vivre ?!
- Peut-être vaudrait-il mieux la voir comme une nuit d'adieu...

Ewen s'offusqua. Sa main partit toute seule, claquant le visage d'Isaac, qui resta impassible. Ewen l'observa un moment, choquée, au bord des larmes. Mais Isaac ne lui rendit pas son regard, il resta statique, la tête toujours sur le côté. Alors Ewen partit en furie, et seulement à ce moment il l'observa disparaître de son champ de vision. Isaac le savait, c'était la dernière fois qu'il la verrait. Il devait prendre sur lui. Son cœur s'emballa, cognant sa poitrine comme s'il souhaitait le raisonner, lui ordonner de la rattraper, de partir avec elle, de changer de pays et de fonder cette famille dont il rêvait tant. Mais Isaac n'écouta pas son cœur. Il préféra suivre sa raison. Celle du soldat. Celle de l'homme en quête de réponses, proche d'un but qu'il lui était encore impossible de définir. Isaac eut envie de hurler de douleur et de rage contre ce vil destin qui se jouait à nouveau de ses sentiments. Mais il préféra courir, s'activer pour oublier sa tristesse.

Pipeule observa le visage du Décroisé encapuchonné passer devant lui à toute vitesse. Il tanguait. L'eau de vie de poire avait fait son travail. Il pointa du doigt Isaac, un sourire béat s'affichant sur sa bouille ronde.

- Alors ? Il est perspicace ou il pas perspicace, le Pipeule ? L'avais-je pas dit que c'était du Décroisé haut placé l'amant, là ? L'avais-je pas dit ?

Un Décroisé le bouscula, entrant en trombe dans sa taverne et jetant des coups d'œil dans tous les sens.

- Hé oh ! Enc… En quoi puis-je vous aider, monsieur le Décroisé ?
- Boucle-la, l'ivrogne ! Où est le gérant ?
- C'est moi le gérant, espèce… Ou troc. On paye comme on veut ici.
- Caches-tu quelqu'un ici ? As-tu vu le moindre individu entrer ou faire halte dans ton établissement ? Parle vite !
- Non, m'sieur. Désolé.

Le Décroisé repartit aussi vite qu'il était entré, bousculant à nouveau Pipeule.

- Désolé, désolé... Désolé pour lui, ouais ! J'l'aurai bien planqué de connards comme vous, tiens ! C'rait p'tet bon de sonner l'alerte aux cons, ouais ! ...Ouh, purée. C'est l'heure du dodo là, ça va finir au trou sinon cette histoire...

Pipeule prit une dernière bouteille de vin posée sur le comptoir et arracha le bouchon de liège avec ses dents.

Frère Jeannot cracha au sol le bouchon de sa bouteille d'hydromel avant de se l'enfiler au goulot. Au loin, les cornes résonnaient. Jeannot observa le petit point de lumière que représentait le village. Il fut rejoint par Frère Eli qui avait dû être réveillé par le raffut qu'avait provoqué l'alerte. Frère Eli observa Jeannot, ce dernier tentant de lui cacher la bouteille qu'il avait indéniablement déjà aperçue, fuyant son regard avec honte.

- C'est une nuit sombre pour tout le monde, il semblerait.

- Si vous le dîtes...

- Jeannot... Pourquoi ? Après un si beau récit. Je vous ai vu sourire toute la soirée, que s'est-il passé ?

- Rien, rien... Tout va bien.

- La paix est une notion si fragile. Qu'elle ait trait au monde ou à notre for intérieur. Nous nous devons de trouver l'équilibre pour ne pas plonger dans l'ombre ou nous aveugler de trop de lumière. Ce n'est pas pour rien que le jour se lève et se couche pour laisser place à la nuit, mon Frère. Cela fait partie d'un tout que nous nous devons d'accepter. Je vous sais fragile et sensible, malgré vos excès de voix et de vieil homme excessif.

Malgré lui, Jeannot ne put s'empêcher de sourire.

- Vous êtes un homme bon et juste, Jeannot. Souvenez-vous-en lorsque vous vous sentez trop près du gouffre. Et si un jour vous êtes fatigué de vous débattre dans vos marécages de la mélancolie, rappelez-vous que vos amis seront toujours là, sur la rive, prêts à vous en tirer. Mais ce sera toujours à vous de décider si vous voulez vous en sortir ou non, et accepter de prendre la main que l'on vous tend.

Jeannot ne dit plus rien, il baissa les yeux, comme un enfant à qui l'on aurait fait la leçon et qui exprimerait ses regrets en silence.

- Le gosse pense que tout est de ma faute.

Frère Eli se doutait bien que quelque chose était survenu et, même s'il ne les tolérait pas, il comprenait d'où provenaient les démons qui avaient poussé Jeannot à s'enivrer en cette nuit.

- Il vous faut prendre du recul, Jeannot. Rodron a vécu une expérience traumatisante et profondément bouleversante pour un enfant de son âge. Ne prenons pas tout à la lettre et laissons-lui le temps de grandir et de se remettre. Ce sont les mots d'un enfant blessé et se sentant abandonné. Il reconnaîtra ses torts en temps voulu et se blâmera lui-même des propos qu'il a pu tenir à votre égard. Il est intelligent et déjà très mature. Et quelque chose me dit qu'il va être important pour notre monde. Tout comme vous, Jeannot. Vous vous ressemblez bien plus que vous ne voudriez vous l'admettre chacun de votre côté. Vous êtes emplis de cette même lueur de justice et d'espoir, et je ne pense pas me tromper en disant que vous serez certainement amenés à faire à nouveau équipe ensemble.

- Vous plaisantez ? Le gamin me déteste.

- Il ne vous déteste pas. Il est en colère. À vous aussi de faire bonne figure et de lui prouver que vous êtes bien l'homme de ces aventures que vous nous avez conté.

Sur ces paroles, Frère Eli tapota amicalement l'épaule de Jeannot avant de se rediriger vers l'abbaye. Il s'arrêta au seuil de la grande porte.

- Pour ce qui est du village, je m'y rendrai demain. Il semblerait que les Décroisés aient besoin de nous. Demandez aux autres frères de préparer la procession.

– Bien...

Frère Jeannot resta seul. À l'évocation du mot Décroisé, une inexplicable colère avait parcouru son corps et nouait sa gorge. Il ne se remémorait pas pourquoi il les évitait autant, mais une chose était sûre: il ne participerait pas à la procession du défunt soldat. Il fixa la lueur du village qui se tamisa petit à petit. L'alerte était passée. Le calme revint.

Rodron avait tout entendu de la conversation des deux frères. Il s'en voulait. Ses oreilles avaient délibérément traîné, et ce n'était pas correct, Nabur le lui avait bien enseigné. Rodron se souvint alors des leçons que lui donnait Nabur, et à Mordred aussi. Mordred râlait constamment, soufflant suffisamment fort pour bien signifier son agacement, tapotant ses doigts ou jouant des rythmes sur la table, regardant dans le vide et se laissant perdre dans ses pensées. Rodron, quant à lui, était toujours un peu gêné par l'attitude de son ami, mais il prenait un véritable plaisir à être en sa présence et écoutait avec sérieux chaque nouvel enseignement du savant fermier. Alors qu'il était enfermé dans la grange pour la sécurité de Sir Lamorak dont il ne fallait dévoiler la présence à la ferme, Nabur était passé pour le nourrir et l'hydrater. Il s'était excusé des conditions et, pour se faire pardonner de ces mauvais traitements qu'il s'était obligé à lui infliger, il avait promis à Rodron qu'à leur retour de leur quête contre le Golem, il lui apprendrait à lire et à écrire. À cette pensée, le cœur de Rodron se serra. Nabur était si bon avec lui, si généreux et attentionné. Comme le père qu'il n'avait jamais eu, lui qui avait été abandonné à son sort à l'enfance. Mais Rodron fut vite sorti de ses pensées. Au loin, il aperçut des buissons s'agiter, comme si quelqu'un ou quelque chose montait la pente de la colline menant à l'abbaye. Rodron fit quelques pas pour mieux distinguer la silhouette. Était-ce un animal ? Peut-être un sanglier ou un daim, il était courant d'en voir dans les parages. Non, il s'agissait bel et bien d'une forme humaine. Rodron s'approcha un peu plus rapidement, cherchant à progresser d'un pas le plus léger possible pour ne pas être repéré de la personne qui s'aventurait par là. Il approcha encore un peu plus près, retenant son souffle sous la pression quand un cri le fit soudainement sursauter. Pour le coup, c'était un animal, ça ne faisait aucun doute. Rodron pensa immédiatement aux pièges laissés dans la forêt par les braconniers. Aucun honneur. Ces hommes-là ne chassaient pas pour se nourrir, mais pour vendre en contrebande les viandes des animaux qu'ils capturaient lâchement, les dépeçant également de leurs peaux et les dépossédant de leurs défenses s'ils en avaient afin de faire fortune en toute illégalité. Rodron ne pouvait pas tolérer un tel système pour gagner sa vie. C'était malhonnête et inhumain. Il se mit en route pour aider le pauvre animal, dévalant la pente, ne prenant même plus la peine d'avancer furtivement. Mais alors qu'il s'apprêtait à rejoindre la source d'où provenait le râle de l'animal, un événement surnaturel survint. Une étrange lueur bleutée apparut au milieu de la nuit et s'éleva dans les cieux, se reflétant sur les feuillages des arbres et des buissons. Rodron rejoignit la source de lumière. Il tomba nez à nez avec un cerf, magnifique et gracieux. Il y avait bel et bien un piège, apparaissant sous une butte de terre, et le sang de l'animal jonchait encore le sol, pourtant il n'avait rien. Il était debout sur ses quatre pattes et s'éloignait entre les arbres, reprenant sa route, comme s'il avait miraculeusement guéri. C'est alors qu'il l'aperçut. Au loin, une tunique verte et des bottes marron disparaissaient sous les feuillages ombragés de la forêt.

– Qui est là ?

Mais on ne lui répondit pas. La silhouette était partie. Était-ce lui qui avait déclenché la panique au village et qui était à l'origine de l'alerte des Décroisés ? Certainement. Mais Rodron se demanda alors si ce n'était pas également lui qui avait guéri - par il ne savait quel procédé - le cerf tantôt piégé. Rodron avait déjà assisté à plusieurs formes de magie lors de son parcours avec Frère Jeannot et de sa confrontation avec la sorcière rousse. Mais si tel était bien le cas, Rodron se posa alors une toute autre question, qui amenait à une autre réflexion : quel genre de fugitif, apparemment dangereux, prendrait le temps de soigner un innocent animal alors qu'il est en cavale ?

XI – DEVOIR DE MEMOIRE

Alors, alors, que je me souvienne... Oui, peut-être dans cette étagère ? Non, c'est de la logistique. Là, c'est la trésorerie. Ne m'en veuillez pas, il n'est pas évident pour un homme de mon âge de me souvenir. Mais je pense savoir de quel dossier il est question. D'ailleurs c'est curieux, je pensais que ces documents devaient rester sous scellés. Enfin, si c'est le Saint Patron qui les demande. Hé, hé. À lui, on ne peut rien lui refuser, n'est-ce pas ? Oh, vous n'êtes pas bien bavard à ce que je vois. Enfin quand je dis "vois", vous comprenez où je veux en venir. Hé, hé, hé... Oh... Excusez-moi. J'ai peut-être la langue un peu trop pendue. Vous savez, ce n'est pas tous les jours qu'on a de la visite dans ces archives. D'ailleurs vous n'êtes que le second à passer me voir. Le premier était venu pour aider à trier et ranger les documents. Enfin votre visite n'est pas pour me déplaire. À être seul tout le temps, on se met à ressasser, à broyer du noir. Voilà, tenez, c'est ce dossier. Faites bien attention, les parchemins sont fragiles, le tout dernier s'effrite un peu. Ah, ça, l'humidité, ça ne pardonne pas. Ça a dû arriver pendant la transition entre l'ancienne bibliothèque et les archives. Ah ? Vous ne prenez qu'un document ? Vous êtes sûr ? Bon, bon, après tout, c'est vous qui savez, pas moi. Le Saint Patron m'étonnera toujours. Je reste bloqué dans ce bâtiment sans jamais même pouvoir consulter ce que je garde, mais il fait venir un de ses hommes plutôt que de me donner pour mission de les lui porter. Je ne peux pas lire, mais nous avions pourtant mis en place un code à l'aide de pierres que nous nous envoyons par pigeons. Hé, hé… Oh, il ne me fait peut-être plus suffisamment confiance. Ou alors me pense-t-il trop sénile pour me souvenir de ce sur quoi nous nous étions mis d'accord. Enfin… Après tout, j'ai l'impression que c'était dans une autre vie que débutait le projet de l'Ordre. Nous étions si peu… Enfin, je m'égare. Allez. Prenez. Je vous laisse tranquille et je m'en retourne à mon hibernation, hé, hé…

--

Elyenka souffla. Ce fut une très dangereuse action que de supprimer le Décroisé au sein même du village. Les soldats de l'Ordre étaient réactifs, leur formation relevait de l'excellence. La rapidité avec laquelle ils avaient réagi et relayé l'alerte forçait le respect. Elyenka était épuisé. L'adrénaline et sa course jusqu'au sommet de la colline proche de l'abbaye l'avaient fortement essoufflé, et soigner cet animal en lui donnant de son énergie n'avait pas été sa meilleure idée. Mais c'était plus fort que lui. Au fur et à mesure de ses aventures, Elyenka s'était énormément rapproché de la nature, de la forêt et de ces êtres qui y vivaient. Car c'est ce qu'était Elyenka : un vagabond. Un vagabond en quête de justice et de vengeance. Elyenka sortit le parchemin qu'il avait substitué au vieil archiviste des Décroisés, il y avait de cela plusieurs semaines. C'était le troisième nom qu'il rayait : Entwan de Montsanlieux, et il ne serait pas le dernier à subir un tel sort, non, car il restait encore d'autres Décroisés à supprimer sur sa liste, celle des membres du régiment Thorvald.

--

Pour tout dire, Elyenka avançait quelque peu à l'aveuglette. Cela faisait plusieurs années qu'il s'était lancé à la recherche d'un individu, un homme sans honneur, dénué d'humanité, vicieux et sournois, fourbe et maléfique. Son Némésis. Et il avait appris récemment que cet homme avait rejoint l'Ordre des Décroisés. Durant des mois, Elyenka avait observé, cueillant quelques informations par-ci par-là, tout en se faisant suffisamment discret pour ne pas éveiller les soupçons. Mais rien. Le nom qu'il cherchait n'apparaissait sur aucune lèvre. Alors il procéda autrement. Sachant son ennemi juré malin et stratège, il l'imaginait bien s'être d'ores et déjà élevé à un haut grade dans la hiérarchie de l'Ordre. Il demanda alors aux paysans vivants dans Farengoise s'ils connaissaient le nom d'un puissant Décroisé.

- Keskidis ?

- Oulà ! Alors, oui. Palapolapo... Hmm, hmm, hmm... Tilapilapou... Hmm... Alors... Attendez voir, oui... Hmm... Non, non, je vois vraiment pas, désolé.

- Les Décroisés, j'les attends, moi ! Qu'ils viennent en découdre un peu, ouais ! Ouais !... Z'aurez pas une pièce pour manger ? Ou pour boire ?

- Excusez-moi, jeune homme, mais je ne préfère pas me mêler de ce genre d'affaires, ça n'apporte rien de bon. Rien de bon du tout.

- Pourquoi vous voulez savoir ça ? Hein ? Bah allez, si vous m'expliquez pas pourquoi je vois pas pourquoi je vous le dirais… Allez, dites-moi ! Allez ! ...Pff, m'en fou de toute façon j'en sais rien.
- Foutez le camp !
- Il compte consommer ? Parce que la discussion il peut aussi bien la faire dehors. Ici on consomme ou on fiche le camp.

Ses recherches ne donnant rien, c'est un jour où il baissa les bras et s'attarda devant un hydromel épicé dans une petite taverne miteuse qu'un mystérieux individu vînt le rejoindre à table.

- Vous posez trop de questions. Du moins, vous posez toujours la même. Les gens parlent, vous savez. Vous attirez bien trop l'attention sur vous. Offrez-moi un verre, je vous renseignerai comme je le peux. N'ayez crainte, je ne suis pas un de ces déplorables alcooliques, mais les gens observent également. Il serait suspicieux que nous échangions alors que je ne consomme pas. Surtout dans une taverne comme celle-ci…

Elyenka ne savait que dire, mais comme à son habitude il resta stoïque, calme et vif d'esprit. Il commanda une autre pinte, observant l'inconnu qui lui faisait face. Il était chauve, avait un visage aux traits fins, un regard perçant et un nez allongé, on aurait dit un oiseau, un faucon peut-être. Il se tenait droit et faisait preuve d'énormément de tranquillité. Il était calme, lucide. Une fois servi, l'homme bu une gorgée et enchaîna d'un trait.

- Je ne sais pourquoi vous recherchez l'homme le plus puissant des soldats Décroisés, et je ne veux pas le savoir, vous avez vos raisons, néanmoins votre obstination démontre une certaine forme de colère, un règlement de compte quelconque, je suppose. Ce qui traduit que vous ne voulez pas spécialement que du bien à cet homme et, bien que je me désintéresse complètement de votre petite querelle, je vous soutient néanmoins sur un point. Vous souhaitez en découdre avec un Décroisé, c'est tout ce qu'il me faut savoir pour vous apporter ma modeste aide. Les raisons me regardent, mais disons pour faire court que je ne suis pas en faveur de l'Ordre des Décroisés non plus. Aussi, voici ce que je sais. Il a été dit, ou tout du moins entendu, que parmi la formation des diverses troupes Décroisés, un régiment aurait bénéficié d'une vigilance toute particulière concernant sa composition. Il a également été entendu que cela avait un rapport avec les hautes instances Décroisés. Un régiment composé des plus brillants, talentueux et puissants jeunes soldats en devenir, tout juste recrutés et ayant subi un panel de tests divers et variés pour découvrir l'étendue de leur potentiel. Un général faisant partie des toutes premières recrues, issues des prémices de l'Ordre, devait les former, mais suite à une mission qui a mal tourné il y a plusieurs mois de cela, ce dernier a disparu. Certains le croient mort. Je connais néanmoins son nom : Thorvald. Peut-être devriez-vous chercher de ce côté. Les recrues de ce régiment ont été dispersées et affectées à de nouveaux généraux. Votre homme en fait peut-être partie ? Quant au comment trouver ces soldats, je ne sais rien. Mais il parait qu'il existe des archives Décroisés dans un poste éloigné du Comté. Voilà, composez avec ça. Nous ne nous sommes jamais vus. Bonne chance, et adieu.

L'homme but d'une traite le reste de sa boisson et se leva pour partir, mais Elyenka le retint par la manche de sa tunique.

- P... Pourquoi faites-vous ça ?

L'homme le dévisagea avec intensité, claqua sa langue et se rassit rapidement, s'approchant d'Elyenka.

- Voyez-vous, le monde est divisé en deux catégories d'hommes. Ceux qui agissent, et ceux qui ne font rien. Je fais parti d'une sous-branche de la deuxième catégorie : les peureux. Je n'ai ni le courage ni même l'envie de me mettre en danger pour mes idéaux, alors je ne fais rien directement. Mais quand je rencontre des hommes de votre trempe, de la première catégorie, je sais avoir la langue suffisamment pendue. Après tout, c'est vrai, qui voudrait écouter les histoires d'un fermier alcoolique qui passe son temps à traîner dans les tavernes miteuses de Farengoise ?

L'homme désigna sa chope d'un regard et fit un clin d'œil à Elyenka.

- Nous avons tous un devoir de mémoire envers notre patrie. Envers notre civilisation, notre culture, nos croyances. Des hommes et des femmes se sont battus, acharnés, pour que nous possédions notre patrimoine actuel. Je ne suis pas conservateur, loin de là. Le monde doit évoluer, les mœurs aussi. Mais les Décroisés ne projettent pas de conserver nos fondations. Ils souhaitent détruire pour recréer sur des vestiges. Seuls les Dieux ont ce pouvoir. Les éléments qui nous entourent et nous composent nous le rappellent bien souvent. Et il n'est jamais bon de vouloir jouer à être un Dieu. Seul le chaos découle d'une telle entreprise. Et je ne suis pas un partisan du chaos.

Sur ces mots, il se releva et partit en trombe.

--

Elyenka essuya les gouttes de sueur qui perlaient sur son visage. C'était grâce à cet homme qu'il avait pu progresser dans ses recherches. Mais pour l'instant ces trois premières victimes n'avaient rien donné. Il ne savait toujours rien sur l'homme qu'il recherchait. Car après tout, lui aussi avait un devoir de mémoire. Il devait honorer ses morts, sa famille décimée par cet homme. Alors il observa les autres noms sur la liste. Ses prochaines cibles. Peut-être aurait-il plus de chance avec la dénommée Seria. Ou encore avec Bélisaire ou Venance.

XII – LE CHANT

J'entends les cornes résonner au loin, le son et l'écho d'un destin.

Enfant d'un peuple où la misère est faim, je prends mon courage à deux mains.

Un étendard sous la grêle de l'hiver, une croix décroisée en bannière.

Puis d'un regard, je signe du revers, me voilà devenu un frère.

Oh long, oh long, pèlerins, marchons, de foi et de force, avançons.

Et pour lui, fiers, nous nous accomplirons, car il est notre Saint Patron.

Frère d'infortune et le cadet en charge, pour le moindre sou je m'engage.

Puis de sermons, je comprends les prières, je ne suis plus l'ombre d'hier.

Jeune orphelin trouvant le droit chemin, les Décroisés me tendant la main.

Et puis de quêtes, de succès et de gains, pour l'Ordre, général je devins.

Oh long, oh long, pèlerins, marchons, de foi et de force, avançons.

Et pour lui, fiers, nous nous accomplirons, car il est notre Saint Patron.

Oh long, oh long, pèlerins, croyons, et par tous chemins, répandons

Car bien que nul ne connaisse son nom, de tous il est le Saint Patron.

Car il est notre Saint Patron, car il est notre Saint Patron.

- C'est une jolie chanson, Venance.
- Purée, tu m'as fait peur. Ouais, je l'aime bien.
- Le soleil ne va pas tarder à se lever, on va devoir reprendre la route.
- Ouais, encore des bornes à faire, j'ai des cloques au pied, c'est affreux.
- Tu sais, je repensais au général Thorvald, et au tout premier régiment où nous avons été affectés.
- Ah oui, celui duquel on s'est fait bannir à cause de toi.

- Quoi ? Tu te fous de moi ? C'est complètement ta faute, t'arrêtais pas de l'ouvrir.
- Et toi t'arrêtais pas de faire genre.
- Purée, t'es vraiment... Bref. Tu sais ce que sont devenues les autres recrues ?
- Ouaip ! Rupraz et Killian ont été affectés sur un poste éloigné pour travailler avec des savants. Rupert, notre ancien geôlier - tu te souviens ?
- Ouais.
- Ouais, bah Rupert me disait qu'apparemment il y avait des rumeurs comme quoi ils allaient travailler l'alchimie et les sciences occultes. Chaud, hein ?
- Des conneries.
- Ouais, je sais pas... Après il y a Entwan, mais lui c'était le chouchou, ils étaient tout le temps en train de le bichonner, je sais pas si tu te rappelles ?
- Ah ! C'est pas lui qui bouffait du potage à la table du général alors qu'on devait se contenter d'un morceau de pain ? On se serrait comme un banc de sardines autour du petit feu de camp.
- Si, c'est celui-là. Ouais, bah lui il est parti direct dans les quartiers Décroisés de Farengoise pour travailler la politique et la géographie.
- Ah, ouais ?

- Purée, je l'aimais pas celui-là. Quand on avait les entraînements, il était tout le temps dispensé, c'était injuste.

- Certainement encore un "fils de" qui doit tout à son nom, je suis sûr…

- Je sais pas… Et puis il y avait aussi LA Seria.

- Je me souviens d'elle.

- Tu t'en souviens surtout à cause de sa paire de miches, hein ?

- Non, juste parce qu'elle était la seule fille du régiment.

- Rah ouais, elle avait un caractère… Hmmm. Elle pouvait pas m'encadrer.

- On se demande pourquoi.

- Par contre j'avais ouï dire qu'elle t'aimait bien.

- Q… Quoi ? Co… Comment ça ?

- Ouais, ton tempérament mystérieux et plein de conviction, ça lui plaisait bien. Enfin moi je dis que c'est parce qu'elle te connaissait pas.

- Et… Elle est devenue quoi, elle ?

- À ton avis ? Tu te souviens pas de sa spécialité ?

- Comment l'oublier…

- Tu l'as dit. Bah, elle a été affectée à un maître d'armes pour se spécialiser encore plus.

- Et bah. C'est étrange, quand même.

- Trop pas. C'est hyper logique puisqu'elle était déjà experte en…
- Non, mais je sais bien. C'est juste étrange qu'ils aient tous été répartis dans des lieux où ils ont pu poursuivre leur formation alors que nous, non.
- C'est pas faux. D'ailleurs ils avaient tous plus ou moins quelque chose d'exceptionnel. C'est bizarre qu'ils t'aient pris toi aussi.
- Va te faire voir, Venance.
- Roh, ça va, je rigole. Bon, je vais vérifier que l'autre est toujours bien attachée.
- OK…

Bélisaire contempla encore un peu les montagnes rocheuses se dressant devant lui, la bruine matinale continuant de couvrir l'horizon. Le soleil levant projeta de timides rayons orangés. Bélisaire s'étira et se chargea de ses lourds bagages et de son bouclier marqué du signe des Décroisés. Le chant du coq n'ayant pas encore retenti dans les monts que, déjà, l'escouade se remit en route. Pour aller où ? Bélisaire n'en savait rien. Venance siffla pour se donner de l'entrain, et il chanta à nouveau.

Oh long, oh long, pèlerins, marchons….

XIII – Tensions

C'était une matinée terne pour Farengoise, qui se réveillait difficilement après une nuit terriblement agitée. Très vite, la rumeur s'était répandue telle une vague fiévreuse inquiétant la population et alimentant les ragots : le sang des Décroisés avait coulé hier soir. Et pour les plus attentifs, il était même possible d'entendre les messes basses de certains informés : ce n'était pas la première fois. L'Ordre aurait caché aux villageois des meurtres forts similaires survenus au cours des semaines passées. Les chuchotements de part et d'autre du village créaient un bourdonnement ambiant qui n'était pas pour calmer les nerfs du pauvre général Thirel. Ce dernier était à sa fenêtre, observant ses citoyens s'agiter et se transmettre des informations qu'il lui était impossible de contrôler, ce qui le mettait hors de lui. Ses tempes tapaient, et, avec les cloches de l'abbaye qui sonnaient la fin de la procession du Décroisé retrouvé mort, il lui semblait qu'un insupportable orchestre venait de se former à l'instant dans l'unique but de le rendre marteau. D'ailleurs, le forgeron de la place du village commençait particulièrement à l'emmerder, aussi il saisit une arbalète posée près de la cheminée et tira un carreau dans le flanc de ce salopard. Les cris de douleur et d'incompréhension que poussait l'innocent travailleur le soulagèrent un peu, il prit le temps de prendre une grande inspiration, les yeux clos, et de souffler longuement entre ses dents pour se relaxer un minimum. Cette courte et sordide méditation n'avait pas manqué de troubler l'auditoire présent dans le directoire du général Thirel. Les Décroisés attendaient en effet les uns derrière les autres pour faire leur rapport sur leurs recherches effectuées depuis l'incident. Thirel cessa de fixer l'extérieur et se retourna, observant leurs visages hagards.

- Et bien quoi ? Ne restez pas là, en file indienne comme de vulgaires écoliers ! Je vous écoute, des nouvelles sur le ou les assassins qui ont fait de ma nuit un véritable enfer ?!

Les soldats Décroisés s'échangèrent quelques regards, comme pour se jauger ou décider implicitement d'à qui reviendrait la parole. Un rouquin bien bâti s'avança alors d'un pas, se raclant la gorge, se redressant respectueusement avant de prendre la parole.

- Général ! J'ai peut-être un témoignage sur…

Mais le bougre fut coupé dans son élan. Un carreau venait tout juste de se planter dans ses parties génitales, ce qui lui fit poussé un magistral cri de castra. Thirel tendit d'ailleurs l'oreille et, tel un chef d'orchestre, simula le son de la note avec son doigt. Il replaça ses deux mains sur son arbalète et menaça alors tous les autres Décroisés présents dans la pièce. Ces derniers se mirent à pousser de petits cris de stupeur, s'enfuyant dans un brouhaha retenu. Thirel sourit, le visage toujours crispé et les nerfs aussi tendus que depuis l'instant où avait retenti cette maudite corne. Après tout, c'était injuste. À peine était-il promu et en possession de tout un comté pour lui seul que son autorité était remise en question par un récidiviste assoiffé du sang de ses soldats. À la limite, que l'on tue des Décroisés ne le gênait pas plus que ça, mais pas dans son régiment ! Quelle image allait-il avoir auprès du Saint Patron à présent ? Celle d'un incapable, dépassé alors même qu'on l'a mis en charge de Farengoise ? Ça n'allait pas se passer comme ça, et tant pis s'il devait perdre deux-trois autres soldats en correctionnel : il allait falloir devenir bien plus dur pour se faire respecter par tous ! Isaac entra d'un pas léger et regarda les quelques gouttes de sang jonchant le sol en quartz de la pièce.

- Quelle agitation, général. Tout de même, les parties génitales, c'est un peu sec.
- M'en fou. Il m'a exaspéré.
- Il semblait avoir de réelles informations à vous fournir, général.
- Non. Il a commencé en disant « peut-être » et il a enchaîné en parlant de « témoignage ». Tu parles d'infos… Non et puis en plus il était roux, ça ne m'a pas plu.
- Vous n'avez vraiment pas l'air dans votre assiette.
- Bien sûr que non !!!

Le ton était dangereusement monté. Les moues enfantines du général Thirel avaient laissé place à une gorge crispée et à une veine palpitante sur le haut de son crâne.

- Ne joue pas l'habitué avec moi, Isaac ! Ne viens pas faire celui qui est calme et non concerné ! Où étais-tu hier soir ?! Comment se fait-il que tu n'aies pas pu empêcher ça ?!
- Je suis désolé, général…
- Tu es désolé, hein ? Tu es désolé ?! Tu veux que je te dise de quoi je suis désolé moi ?! C'est d'avoir dû faire rouer de coups toutes les trainées qui me servent de serveuses pour savoir où tu étais hier !

Isaac releva vivement la tête, l'œil grand écarquillé.

- Ah, nous y voilà. Drôle de réaction pour le philosophe que tu es d'habitude, hein ?!

Isaac sentit son cœur battre à la chamade, la haine lui montait à la tête, ses poings se serrèrent, mais il lui fallait rester calme, il lui fallait tenir bon face à cette menace.

- Général, si… Je… Où est-elle ?
- Loin. Hmmmf…

Thirel se mit à faire les cent pas, l'air boudeur, se frottant les mains. Il s'arrêta soudainement et vint alors d'un pas rapide vers Isaac, approchant son visage du sien.

- Ne me crois pas suffisamment fou pour faire du mal à la femme de mon plus grand atout. Douterais-tu que j'aie un cœur, Isaac ?

La respiration d'Isaac se stabilisa, il fut soulagé, bien qu'encore sous le choc de l'adrénaline. Mais il resta droit, comme il lui sied de l'être en présence de son supérieur. Thirel avait beau être malsain, le statut particulier qu'il attribuait à Isaac permettait à ce dernier d'obtenir certaines faveurs et prédispositions qui lui étaient chères.

- Ne me désobéis jamais plus, Isaac. Tu m'as mis dans un sacré état, et je n'aime pas être comme ça. Je n'aime pas devoir tirer sur n'importe qui pour me calmer, ça me rappelle de très mauvais souvenirs d'enfance dont je te passe les détails.
- Général, je…
- Tssst. Plus un mot. Sauf si tu as des éléments concernant l'attaque d'hier soir.
- Général !
- Sans déconner ? Tu as quelque chose ?!
- Général, j'ai trouvé un courrier sur la scène de crime, signé par la victime. Il faisait partie du régiment Thorvald, formé sur demande du Saint Patron.
- Lui aussi ?! Tu veux dire… ? Comme les précédentes victimes ?!
- C'est exact, mon général.

- Alors... Alors, cela voudrait dire que nous avons affaire à un spadassin !
- ...
- ...
- ... Général.
- Bah quoi ?
- Je propose de ne pas faire de conclusion hâtive.
- C'est toi la conclusion hâtive. On me bute tous les soldats importants de l'Ordre, c'est obligatoirement un tueur à gages, le type s'amuse pas à les éliminer au hasard, la coïncidence est trop forte.
- Vous pensez qu'il s'agit d'un tueur isolé ?
- De quoi ?
- Vous avez dit « le type », vous pensez donc qu'il est seul ?
- Comment... Bah, non, mais j'en sais rien moi, je dis ça comme ça, tu veux pas non plus que j'enquête à ta place.
- Excusez-moi, général. Je souhaitais simplement détendre l'atmosphère.

Thirel observa son bras droit avec stupeur avant d'éclater de rire.

- Ah, Isaac Thorvald, vous savez vous y prendre avec moi. Bien, bien... Oublions notre petite querelle. J'aime quand tu viens avec des résultats. C'est une découverte très intéressante que tu as faite là...

- Général, je vous demande la permission de m'absenter plusieurs jours afin d'étudier une piste dans le but de retrouver le ou les individus qui ont commis cette succession de meurtres.
- Permission accordée. Tu as une idée d'où te rendre ?
- Oui, général. J'ai entendu parler d'archives Décroisés, il me semble qu'il serait bon d'y faire un tour.
- Bien... Mais à ton retour, ne t'étonne pas si les choses ont quelque peu changé ici... Je vais remettre de l'ordre dans ce comté, crois-moi.

Isaac salua et sortit rapidement. Thirel retourna à la fenêtre et observa son homme de main sortir de la base des Décroisés. Alors comme ça quelqu'un visait un régiment en particulier ? Y aurait-il des choses que les grandes instances Décroisées lui aient cachées ? Thirel avait un mauvais pressentiment. Ce qui était sûr, c'est qu'Isaac lui rapporterait bientôt le fin mot de cette histoire.

XIV – Deux mois plus tard

- Comment se fait-il que j'en sois informé aussi tard ? Vous ne vous seriez tout de même pas arrêté à toutes les tavernes qu'il y avait sur votre itinéraire pour prendre du bon temps plutôt que de vous hâter à ma rencontre, j'espère ?
- Non. Bien sûr que non, général. C'est que... Il y a eu beaucoup de changements en si peu de temps. Le général Thirel a remanié la politique de son comté du jour au lendemain et il a envoyé les missionnaires faire leur rapport sur le tard.
- Vous lui ferez savoir à votre retour mon mécontentement quant à cette incompréhensible et stupide décision. Cette information est d'une importance capitale. Le Saint Patron sera très déçu de l'apprendre. Disposez.
- Mon général.
- Attendez. Pour votre peine. Faites donc une halte dans une auberge sur votre retour. Vous n'aurez qu'à dire qu'il a été plus compliqué de me trouver que prévu, mon régiment étant en mouvement.
- Je vous en suis très reconnaissant, mon général. Dieu le vaut bien !

– Dieu le vaut bien…

Le Décroisé repartit aussitôt, les quelques piécettes s'entrechoquant dans sa petite bourse en cuir. Ganon s'étonna lui-même de ce geste gracieux à l'égard du soldat. Il aurait pourtant dû être en colère, un des plus grands atouts du Saint Patron venait d'être assassiné. Pourtant il resta de marbre. Entwan de Montsanlieux avait un rôle unique à jouer, il était le seul à pouvoir mettre en fonction les plans que lui avait concoctés le Saint Patron. À cette pensée, Ganon tiqua. Rares étaient ceux connaissant les vraies ambitions de l'Ordre. Plus rares encore étaient ceux qui connaissaient le moyen de les mettre à exécution. Avec la mort du jeune prodige politique, ils n'étaient plus que deux. Ganon et… Le Saint Patron. Morneplaine n'était plus très loin, mais quelque chose le poussa à faire demi-tour. Ce "remaniement politique" de Thirel, comme l'avait dit le soldat Décroisé, ne lui disait rien qui vaille. Était-il possible que cet imbécile contrecarre les plans du Saint Patron sans le faire exprès, par pur zèle, aussi dément soit-il ? Il lui fallait vérifier. Mais avant, il lui restait quelque chose à terminer.

Quelque chose qui le hantait depuis quelques jours. L'homme en noir. Celui qui lui avait révélé où se trouvait la personne qu'il recherchait depuis si longtemps, et qu'il avait enfin trouvée. Cet homme qui lui inspirait… De la peur ? Non. Ce n'était pas un sentiment que connaissait Ganon. Mais une inexplicable curiosité et un mauvais pressentiment. Cet homme qui était sorti de nulle part et qui semblait en savoir beaucoup trop. Sur le coup de la surprise, Ganon avait préféré agir plutôt que de se concentrer sur l'identité de cet étrange pèlerin. Aussitôt, avait-il missionné le général Thirel et son régiment pour s'occuper du chevalier Lamorak. Et dire que cet idiot pensait réellement mériter les lauriers que lui avait attribués le Saint Patron. Sans Ganon, Thirel n'aurait jamais mis la main sur qui que ce soit. Mais Ganon n'était pas homme à comparer ou à rivaliser, car il se connaissait. Il savait qui il était, et c'était une preuve suffisante pour ne jamais se poser de questions sur son grade ou sur sa position vis-à-vis des autres généraux Décroisés. À cette pensée, il fit faire plusieurs tours à l'anneau ornant son doigt, cela lui permettait de réfléchir, c'était un geste machinal, incontrôlé, qui le faisait se perdre dans ses pensées. Non. Définitivement, il fallait régler ça. L'homme en noir devait être neutralisé et questionné, et quelque chose faisait se dire à Ganon qu'il n'aurait aucune difficulté à obtenir des réponses. Il rajusta son armure et ordonna :

- Nous nous remettons en route.
- Bien, mon général.

Ganon commença à partir, laissant ses jeunes soldats s'occuper des bagages.

- Mais, général, nous revenons sur nos pas, là.
- Je sais. Un problème avec ça ?
- N...Non, mon général.
- Bien. Alors en route !

– Allons, Mordred. En route.

Enfin. Enfin il allait quitter cette forêt dont il connaissait à présent chaque recoin sur le bout des doigts. Presque deux mois à l'intérieur sans revoir une quelconque forme de civilisation. Quelle période. Mais elle lui avait servi, de cela il était sûr. Car le calme qui le conditionnait à présent, c'était ici qu'il l'avait trouvé, aux côtés de la faune et de la flore, dans la pénombre de la forêt et dans le danger qui y régnait.

Accolon l'avait retrouvé et confronté après un premier mois où il avait dû faire face à lui-même, affrontant ses démons, canalisant sa rage et sa haine, apaisant la souffrance de son cœur et hurlant ses maux dans un écho qu'il était le seul à entendre raisonner. Depuis, ils s'entraînaient jours et nuits, sans interruption, se servant de cette énorme zone pour alimenter techniques de combats et stratégies en tout genre. Mordred était devenu un archer hors pair, pouvant tirer jusqu'à deux traits en un seul coup. Il s'était exercé sur les troncs des arbres, ainsi que sur les animaux qu'il chassait pour se nourrir. Il avait également appris à reconnaître les écorces et les feuilles et était en mesure de guérir, de se nourrir ou encore d'empoisonner. Bien qu'archaïques, les entraînements et leçons d'Accolon étaient incroyablement efficaces et précis. Il ne laissait jamais rien au hasard. Minutieux, il expliquait la moindre de ses connaissances. Mordred prenait presque plaisir à engranger tout le savoir que lui transmettait celui qui l'avait pris pour apprenti. Car c'est ce qu'était Accolon : son maître. Il le considérait comme tel et le respectait énormément. Il ne s'agissait plus que d'une simple promesse, c'était à présent une véritable confiance qui s'était installée à son égard. Mordred le suivrait n'importe où, car il était le seul à l'emmener là où il voulait parvenir.

Lorsqu'ils sortirent enfin de la forêt, sur un sentier d'un champ voisin, la première chose qui frappa Mordred fut l'impressionnante luminosité. Ses yeux peinaient à rester ouverts, et tout lui sembla bien trop surexposé.

- Tu t'habitueras rapidement. Suis-moi.

Ils marchèrent ainsi durant des heures. Accolon avait raison, petit à petit Mordred retrouvait la vue, bien que ses yeux demeurent quelque peu plissés. Mordred avait l'impression de redécouvrir le monde qui l'entourait. Chaque son, chaque forme, et surtout chaque odeur semblait être pour lui une nouveauté. Mais n'était-ce pas finalement le cas ? N'était-ce pas comme l'avait dit Accolon après les évènements à la ferme de Nabur ? *"Une nouvelle vie commence pour toi, Mordred."* Ces mots résonnèrent dans son esprit. Son regard changea.

- J'ai l'impression de renaître, Accolon.
- Hmm. Pas encore. Après ce que je te réserve, tu pourras parler d'une véritable renaissance.
- Ce que vous me réservez ?

- Patience.

Ils parcoururent ainsi plusieurs lieux durant lesquels ils ne dirent mot. Mordred s'était habitué à ce silence. Autrefois il aurait pu le qualifier de gênant, aujourd'hui il savait qu'il s'agissait de toute autre chose : d'écoute. Car si la forêt lui avait bien appris une chose c'était cette notion d'écoute. Se taire c'est savoir. Son ouïe s'était affinée, et, mis à part la vue qui lui faisait quelque peu défaut, ses sens d'une manière générale semblaient avoir évolué. Tout en marchant, Mordred ressentait les reliefs sur lesquels il se déplaçait, il humait le milieu dans lequel il progressait et entendait sa propre position. Il ne savait expliquer ces nouvelles sensations, mais il se sentait plus à l'aise, plus en phase qu'autrefois. Avant il se contentait de faire partie du monde dans lequel il vivait, à présent il avait conscience de l'empreinte qu'il y laissait, dans son sens physique, mais aussi métaphysique. Il affranchissait ses pas. Accolon et Mordred arrivèrent bientôt près d'un petit village bordant une montagne rocheuse. Alors qu'il se concentrait sur chaque visage dont il croisait la route, Mordred fut soudainement arrêté par Accolon qui lui retint le bras.

- Entre.

Ils faisaient halte dans une petite enseigne appartenant à une vieille femme aux cheveux argentés, les rides sur sa peau démontrant un visage éclairé, modelé par les sourires de ses années passées. Mordred sourit à cette pensée. Depuis qu'il était sorti de sa forêt, c'était le premier sourire qu'il voyait, et bien qu'il ne puisse se l'expliquer cela lui réchauffait le cœur. Il se sentit bien dans cet endroit, bien qu'il n'ait aucune idée de ce que voulait y faire Accolon.

- Bonjour, je viens récupérer la commande que je vous ai payée il y a un tout petit peu plus d'un mois de ça.
- Oh, oui, je me souviens de vous et de vos si beaux yeux. Voilà pour vous.

Elle lui remit un sac en toile qu'Accolon passa aussitôt à Mordred. Ce dernier le regarda avec incompréhension.

- Va te changer à l'arrière de la boutique, il est temps pour toi de changer tes vêtements. Je ne sais pas si tu t'en es rendu compte, mais ils sont en lambeaux.

À vrai dire, Mordred n'avait absolument plus fait attention à ce détail. Le fait de ne plus se voir depuis si longtemps lui avait fait perdre conscience de son apparence.

- Il y a un miroir derrière, allez-y, je vous en prie.
- M...Merci.

Mordred se rendit à l'arrière de la boutique, il lâcha machinalement son sac en toile lorsqu'il aperçut son reflet. Qui était cet homme face à lui ? Il fit quelques mouvements de main, comme pour se prouver qu'il s'agissait bien de lui. Ses traits s'étaient durcis, ses cheveux avaient poussé et lui faisait une énorme touffe de mèches grasses et bouclées, et - cela le surprit énormément - un collier de barbe avait germé sur son visage. Mordred se regarda, les yeux grands ouverts, choqué. Il déballa les affaires du sac en toile et se déshabilla. Il observa un moment son corps nu. De nombreuses cicatrices et bleus ornaient à présent sa peau juvénile. L'acné qui l'avait tant répugné lors de son adolescence était toujours présente sur son torse et dans son dos, mais il ne ressentait plus aucune gêne. Non, il était bien trop concentré sur ses blessures. Des blessures sacrément visibles, et loin d'être esthétiques.

Mais ce qui le choqua encore plus, c'est qu'il n'avait pas mal. S'il ne les avait pas observés, il ne se serait pas rendu compte de leur présence. Mordred comprit à ce moment la force que l'esprit avait sur le corps. Le fait de ne pas avoir visualisé ses dégâts lui avait permis de ne pas en ressentir la douleur, du moins de l'oublier rapidement. Il s'habilla, enfila un nouveau pantalon plus souple, l'attacha avec des bandes, se vêtit de sa nouvelle tunique écrue et marron, lacée par endroit, ce qui ne manquait pas d'une certaine allure, et se couvrit enfin d'une veste gambisonnée. Il eut un choc lorsqu'il découvrit sa nouvelle paire de chaussures. Des bottes en cuir magnifiques qui avaient l'air tellement confortables. À vrai dire, les chaussures qu'il portait jusqu'à présent n'avaient pour ainsi dire plus vraiment de semelles et avaient fini par rétrécir et se déchirer par endroit. Il s'observa à nouveau dans le miroir qui lui faisait face. Mordred n'était plus un enfant. Il avait l'allure d'un jeune homme bien plus sérieux, son regard portait la fameuse marque dont lui avait parlé Accolon. En effet, il lui avait enseigné qu'il était simple de déterminer le caractère et même le passé d'un homme, il suffisait pour cela de lire ses yeux. Certains portaient la marque, une sorte de trace invisible et pourtant bien présente dans le regard qui désignait ceux qui avaient fait face à l'horreur, ceux qui avaient confronté la mort. Accolon avait précisé une chose essentielle, seuls ceux qui la possédaient pouvoir la voir sur autrui. Mordred se perdit dans son propre regard, dans sa propre marque. Le visage de Nabur lui apparut alors succinctement. Il ne dit rien. Il comprenait ses visions à présent, il canalisait ses peurs. Les cauchemars continuaient toujours la nuit, mais au moins à présent il trouvait le repos dans son sommeil. Il avait apprivoisé sa douleur, comme le lui avait enseigné Accolon. Le maître du jeune archer le rejoignit pour constater à son tour le changement physique. Il prit le lobe de l'oreille gauche de Mordred et le perça d'un coup vif d'un anneau en bois. Mordred le laissa faire sans réagir, il sourit à la vue du résultat.

- C'est ça qu'il fallait que j'attende pour renaître réellement, un nouveau style vestimentaire pour une nouvelle vie ?

- Hmm. C'est une étape, oui, mais pas encore. Ça va venir.

- J'imagine que vous avez ensorcelé cet anneau de je ne sais quelle magie pour qu'il devienne un artefact puissant ?

Accolon sourit et pouffa discrètement.

- Absolument pas. Tu es mon apprenti après tout, et je me dois de former un guerrier qui marquera l'histoire. Et on ne va pas se leurrer, j'ai très bon goût, car ça te fait un super style. C'est bon pour la légende.

Accolon se mit à rire dans sa barbe, Mordred ne l'avait jamais vu ainsi, mais lui aussi ria discrètement, avant de le suivre. Il lui tardait de découvrir ce qu'Accolon avait prévu pour sa véritable résurrection.

XV – Les passeurs

Allez, allez, dépêchez, traînez pas, bon sang de bon sang. Entrez. Voilà. Venez donc au chaud, ici. Servez-vous, servez-vous. C'est pas grand-chose, mais c'est déjà ça. Non, non, ne vous inquiétez pas. C'est une petite remise, personne n'y fou jamais les pieds. C'est à se demander même si qui que ce soit connait son existence. C'est une réserve en somme, c'est là que j'entreposais mon stock à mon arrivée à Farengoise. Au tout début, quand je me suis installé, j'étais personne. Alors je dormais ici, au milieu des bouteilles vides et des choux. Mais croyez-moi, on y est pas si mal finalement. Et puis c'est toujours mieux là que dehors. Surtout que dehors, vous pouvez plus y être. Ah, maudit général et maudits Décroisés. Qu'est-ce qui a bien pu leur passer dans la tête pour en arriver là ? Deux exécutions publiques pour des renseignements sur les voleurs de la place du marché. Non, mais ils sont pas bien. C'est des gosses qui volent ! Tout le monde le sait. Ça fait chier, c'est sûr, mais bon faut se mettre un peu à la place des bambins, c'est pas la joie tous les jours. Exécuter pour si peu. Je veux dire, je les connais les commerçants. Bon, y'en a deux-trois qui sont cons, ça c'est un fait, mais quand même ! Jamais personne n'a désiré la peine de mort pour de si petits délits. Et puis c'est normal que les deux saltimbanques aient rien dit. D'accord ils sont témoins, mais ils allaient pas balancer un gosse quand même. Olalala, c'est terrible. Mais qu'est-ce qu'il est en train de se passer, je vous le demande... Et puis, vous, vous n'auriez pas dû vous interposer comme ça. Vous avez bon dos, maintenant. Recherchés pour entrave à intervention fédérale. Non, mais je vous jure. Dans quel pétrin vous êtes vous pas mis, hein ? Non, mais bien sûr, je sais que c'était justifié, je dis pas le contraire. Mais vous vous doutiez bien qu'avec l'autre taré de Thirel ça allait avoir des répercussions, non ? Bon sang de bon sang. Tout fout le camp dans le comté. La violence, les bavures militaires, les contrôles abusifs... Combien temps me reste-t-il avant qu'ils se décident à venir fouiner dans mes affaires ? Pas que j'ai quoique ce soit à me reprocher hein. L'hygiène, les produits, c'est que du certifié, pas comme l'autre escroc. Oui, non, je sais c'est pas le moment de me plaindre. Non, je dis juste qu'avec leur façon de faire, on serait en droit de se demander s'ils les inventent pas les preuves que tout n'est pas en règle. La justice n'est qu'un concept, hélas. On a beau s'en faire une idée, ça reste les hautes instances qui décident de comment l'appliquer. Et c'est toujours à leur sauce, qui plus est. Olalalala, je suis pas bien, là, je vous le dis. Comment ? Stressé ? Un peu que je suis stressé ! Et alors ? J'ai pas honte de le dire. J'ai des valeurs, et j'y tiens. C'est bien pour ça que je vous aide à vous planquer des Décroisés. Mais quand même. Je reste un homme, et j'ai pas à ciller d'avouer que ça me fout les boules d'être impliqué dans vos histoires. Non, mais non, vous vexez pas comme ça, rolala ! Soyez pas chiants, non plus. Je m'inquiète pour vous. Je trouverai ça injuste qu'il vous arrive quoi que ce soit, mais là maintenant va falloir vous faire tout petit pendant quelques mois. Peut-être même quelques années. Mes Dieux... Combien de temps cette tyrannie va-t-elle durer ? Ce général... C'est un monstre. Il n'a pas de cœur. Quoi ? Vous voulez pas partir ? Non, mais vous êtes pas bien ? Vous croyez avoir encore le choix après ce qu'il s'est passé ? Vous avez déjà de la chance d'être en vie. Si le soldat qui vous poursuivez ne s'était pas pris les pieds dans sa cape, vous seriez pas ici en train de bouffer du chou, c'est moi qui vous le dis ! Et vous, alors, il vous manque déjà le lobe de l'oreille et vous voudriez aller engager la conversation avec ces malades ? Je sais que c'est à la mode de prendre un coup et de tendre l'autre joue, mais ça vous sera pas bien utile avec la corde au cou, si vous voulez mon avis. Non, faut être sérieux là. Vous pliez bagage, et vous vous tirez. Vos bagages ? Vous inquiétez pas, j'ai un bon camarade qui s'en occupe. J'en ai été le premier surpris, mais mon ami dépressif Bébère m'a dit qu'il me rejoindrait avec vos affaires ici. Alors, je suis au courant de rien, hein. C'est pas tous les jours que je cache des recherchés. Mais il doit bien avoir une idée en tête. Ah ! Silence, silence ! Cachez-vous comme vous le pouvez. Hé oh, vous m'entendez, vous ? Ah, c'est le lobe de l'oreille, j'imagine ? Oui, bref, cachez-vous ! Mais oui je vous ai dit que c'était sûr, ça doit être Bébère, mais quand même on sait jamais, oh ! et puis discutez pas non de non, fichez-vous sous la toile de jute et tâchez de la boucler à défaut d'entendre ! Oui ? C'est pour quoi ? Hmm. C'est bon. C'est bon ! Ah, Bébère, comment tu v... Mais qu'est-ce qu'elle fait ici ? Et lui aussi ? Qu'est-ce que c'est que ce cirque, mon Bébère ? Pourquoi t'es-tu ramené avec ta femme et son ama... Tu m'expliques ? Comment ?! De quoi ? Tu te fiches de moi ? Eux ? Des résistants ? Non, mais qu'est-ce que t'as ingurgité pour sortir des énormités pareilles ? Mais alors... Tu veux dire que ces deux-là forniquent pas dans ton dos ? Hé oh, ça va ! C'est bien normal que je me pose des questions. Des mois que je la vois rejoindre le jeune sur la pointe des pieds en essayant de se faire discrète, moi j'ai pensais que... Oui bon bah d'accord, oui, j'ai spéculé... Bah moi je préfère ça. Mais ça explique pas pourquoi tu venais te morfondre tous les après-midi à la taverne. Je croyais que c'était parce que tu te doutais de quelque chose, moi. Ah bah d'accord. Non, bah je sais pas bien quoi dire, je me sens con. Ça prend sens maintenant que tu t'expliques. Tu te faisais du souci parce que tu savais ce qu'elle tramait... Oui, oui, je vois bien, je vois bien. Et bah. Quel imbroglio ! Ça, c'est du rebondissement ! Ça mériterait d'être chanté cette histoire-là. Roh bah ça va, je suis pas con, j'ai bien conscience que ça doit rester entre nous. Non, mais je vous jure. Voilà ti pas qu'elle me prend pour un demeuré celle-ci. Hé, c'est pas parce que t'es résistante que tu dois te la jouer et me prendre de haut, hein. Oui, bon, bon. Donc, pour résumé, vous vous mettez en place depuis plusieurs mois. Ah. Vous connaissez le général Thirel, vous ? Vous étiez son ? Son assistant ? Bah mince alors. Donc vous êtes pas le fils du teinturier ? Une couverture ? Hum, j'entends, j'entends. Et bien si on m'avait raconté qu'il se tramait ce genre de folie dans le comté, je n'y aurai pas cru un instant. Moi qui pensais que vous étiez tous qu'une bande de ploucs dyslexiques. Oui, pardon, pardon. Et alors, qu'est-ce qu'on fait ? C'est quoi le plan, les génies de la rébellion ? Ho, tout de même, ça me fait un truc d'être assimilé à une opération aussi désespérée. Ça a une certaine classe si on fait abstraction de son pathétisme. Je me tais, je me tais. Alors ? Hum... Hum. Oh ! Ah... Hum, hum... D'accord... Hum. Oui, oui, j'entends, j'entends... Hum, hum, hum. Et bah. Vous avez pas froid aux yeux. C'est un plan intéressant, on sent que ça a été réfléchi. Mais on voit aussi que ça a été pensé par des jeunots. Désolé, hein, mais c'est quand même pas très sérieux. Vous vous basez sur des a priori et des coups de chance. Les rondes Décroisés c'est pas de la déconne. Je fais des insomnies, alors pour faire passer le temps je passe mes nuits à scruter l'extérieur, et le créneau entre deux rondes est minuscule. Oui, raison de plus pour se fier à moi... Attendez, quoi ? Ah non, mais moi je me suis déjà assez impliqué comme ça, vous trouvez pas ? Les planquer eux c'est déjà bien assez dangereux comme ça, et vous voudriez que je m'implique encore plus ? Bon... Bon, et bien allons-y, de toute façon j'ai déjà la tête sous l'eau, hein, ça va plus changer grand-chose. Très bien, alors écoutez-moi, les rebelles, le bon Pipeule va vous expliquer son plan. Ça tombe bien, j'ai justement chez moi un endroit inconnu des Décroisés qui vous permettra de vous faire la belle. Il m'entend bien le semi-sourd ? Bien, alors voilà comment ça va se passer...

XVI – L'ARCHIVISTE

Cela faisait des jours et des nuits qu'Isaac marchait ainsi, longeant les cours d'eau et escaladant les monts. Son rythme était celui d'un soldat entraîné, soutenu, rapide, et à vrai dire même si ses jambes lui rappelaient la difficulté de son voyage, Isaac ne sentait pas l'effort, bien trop plongé dans ses pensées, à retourner les informations et les suspicions qu'il avait. Plus rien ne lui semblait cohérent. Lorsqu'il avait signé avec son frère à l'époque déjà il émettait des réserves sur les clauses de son engagement. L'Ordre des Décroisés, ce projet trop beau et trop fou pour être vrai. Mais Geoffroy y croyait, lui. Aveuglément.

« Aujourd'hui ton corps nourrit certainement les vers, mon frère. »

Ils n'étaient pas souvent d'accord, mais ils se complétaient, deux frères, deux bras armés, forgés par leur passé et les épreuves qu'ils avaient dû traverser, ensemble. Tout avait fini si mal entre eux. Les derniers mots qu'avait prononcés le jeune Thorvald resteraient gravés à jamais dans la mémoire d'Isaac.

« Dieu le vaut bien. »

Le cri de guerre de l'Ordre. C'était ainsi que tout s'expliquait chez les Décroisés. On y écoutait les commandements, et on les appliquait en hurlant ces mots. Isaac lui-même avait suivi le mouvement. Il y croyait profondément, mais c'est alors que tout se mettait en place que le doute avait grandi en lui. Ces belles paroles, ces vœux, ces croyances. À force de monter dans la hiérarchie et de s'approcher des puissants jusqu'à les côtoyer, Isaac avait compris qu'il ne s'agissait que de vaines paroles. Une excuse, de la poudre aux yeux. Il s'était enrôlé pour changer la face du monde, éradiquer les inégalités et se battre pour des valeurs telles que la justice, l'amour, la fraternité et la liberté. Mais les hommes n'étaient pas égaux, et ils ne le seraient jamais. Du moins, c'est ce dont s'était convaincu Isaac au fil des années passé. Il s'était résigné à servir une ordure en se disant qu'il agirait à son niveau pour, si ce n'était changer les choses, les tempérer du mieux qu'il pourrait. Mais c'était avant que Thirel ne devienne le héraut de Farengoise et que ses miettes de pouvoir lui montent à la tête au point de se déshumaniser complètement, lui qui avait toujours été sur le fil du rasoir, prêt à basculer dans la folie au moindre choc. Aujourd'hui, Isaac était fatigué, las. Il vivait son acédie dans un silence tourmenté, supprimant les cibles qu'on lui octroyait, remplissant ses missions d'une main de fer, sans jamais n'en tirer aucun plaisir. Il était l'Ombre Rouge. Le Décroisé silencieux et assassin du général Thirel. Son instrument de terreur. Il était trop tard pour se repentir à présent. Trop de sang avait coulé, trop de larmes avaient séché. Pour tenir, il se raccrochait à l'amour, aux délices de la femme aimante, à sa belle et tendre Ewen. Mais il lui avait fallu la perdre pour la protéger. L'histoire se répétait.

« Déjà, mon frère meurtrier, et enfin mon Ewen…
Que me reste-t-il à présent ? »

La sueur ruisselante sur le visage, Isaac atteignait enfin le haut du mont qu'il lui avait fallu gravir pour atteindre ce tout petit bâtiment qui semblait tomber en ruine. Les archives Décroisés, l'un des secrets les mieux gardés de l'Ordre. Isaac entra, épuisé et assoiffé, mais il étancherait sa soif plus tard car déjà il l'aperçut de dos, monté sur une échelle, cherchant à se saisir d'un grand bouquin à la reliure en peau : l'archiviste l'avait entendu entrer.

- Oh ! De la visite.
- Vous êtes bien l'archiviste ?
- Lui-même ? À moins que vous ne voyiez quelqu'un d'autre ici qui peut l'être ? Héhé.
- Je viens vous poser des questions dans le cadre d'une enquête de l'Ordre.
- M'interroger, me demander des documents… Décidément c'est la période, on dirait. Héhé, ce n'est pas pour me déplaire, ma foi, c'est même plutôt agréable.
- Des documents ?
- Oui, le jeune timide qui voulait le registre des régiments pour le Saint Patron.
- Qu'est-ce que vous dîtes ?!
- Et bien ? Cela pose un problème ?

- Je vous prie de descendre, nous devons discuter. À quoi cette personne ressemblait ?

L'archiviste parvint enfin à se saisir de livre avant de basculer en arrière sous son poids. Il chuta violemment sur le sol, entrainant avec lui parchemins et recueils dont les feuilles virevoltèrent dans tous les sens. Isaac s'empressa de l'aider.

- Vous allez bien ?!

Mais alors qu'il le soutenait pour qu'il se redresse, Isaac aperçut son regard. Vide. L'homme était aveugle.

- Décidément, c'est mon jour de chance. Vous n'auriez pas été là aujourd'hui, je serai peut-être resté ainsi jusqu'à en mourir. J'aurai été incapable de me relever seul, avec mes vieux os.
- Je… Je… Pardonnez ma question.
- Oh, ne vous faites pas de bile. Ce n'est pas parce que je suis aveugle que je ne vois pas. Je vous sens en détresse, comment puis-je vous aider ? Il y a un problème ?
- Hélas votre infirmité ne vous permettra pas de répondre à ma question. Je vais vous aider à ranger vos documents.

- Oh, c'est bien gentil de votre part. Mais dites toujours, quel est le problème ? Cela a à voir avec mon ancien visiteur ?
- À vrai dire, oui. J'enquête sur une série de meurtres provenue dans les alentours de Farengoise. Je suis tombé sur une lettre que rédigeait un des défunts avant de mourir, il y parlait de son régiment, et je me suis rendu compte que toutes les victimes provenaient du même.
- Vous voulez dire que... Mon Dieu. Alors ce serait de ma faute ? C'est moi qui ai remis la liste de ce régiment. Je pensais qu'il s'agissait d'une demande du Saint Patron... Mon Dieu... Ces gens sont morts par ma faute.
- Je sais que ma question va vous paraître étrange, mais à vrai dire je me moque complètement des morts. Savez-vous quoi que ce soit du régiment en question ?
- Je... Je ne vois pas où vous voulez en venir.
- Ce régiment était celui de mon frère, et je n'ai jamais rien su sur son existence.
- Votre frère ? Vous voulez dire... Vous voulez dire que vous êtes le frère du jeune Geoffroy Thorvald ?
- Vous le connaissiez ?
- Bien sûr. Il était le petit protégé du Saint Patron.

- Comment ? Non, vous devez faire erreur, c'est impossible. Nous ne l'avons jamais rencontré. Personne ne l'a jamais rencontré.
- Voyons, ne soyez pas idiot. Tout le monde l'a rencontré. Vous serviriez les desseins d'un homme dont vous ignorez l'existence ?
- Mais mon frère a…
- Votre frère était avec moi le jour où le Saint Patron l'a missionné de s'occuper du régiment Thorvald. C'était un plan à lui, réunir les surdoués pour en faire une élite qui agirait pour rendre le monde breton meilleur.
- Vous vous trompez…
- J'avoue n'avoir presque aucun souvenir de cette journée, pourtant je suis sûr des noms. Geoffroy Thorvald, le Saint Patron ainsi que… Que…

L'archiviste tomba. Son nez se mit à saigner abondamment, et son corps fut pris de spasmes incontrôlables.

- Que vous arrive-t-il ?!
- Le… Il était là. À moins que… Je n'arrive pas à me souvenir…

Isaac ne comprenait plus rien. Il essayait de calmer le vieil homme, en vain. Il était aussi surpris que ce dernier.

- Mes yeux. C'est le jour où j'ai perdu... Mes yeux.

Isaac tentait de maintenir la tête de l'archiviste, mais du sang ruisselait entre ses doigts, provenant des oreilles du mourant. Un dernier soupir et il s'éteignit alors, ses yeux retrouvant leur couleur naturelle, bruns et perçants, qui avaient dû être témoins de bien des réponses. Son corps tremblait toujours, mais ce n'était plus de son fait, Isaac était terrifié par ce qu'il venait de vivre, et ses nerfs avaient lâché. Le vieil homme était mort dans ses bras en tentant de se souvenir. Un tas de questions vinrent se bousculer, se mêlant à celles qu'il ressassait depuis son périple. Sa tête allait exploser si cette agitation douloureuse continuait à lui frapper les tempes par l'intérieur de son crâne. Alors il comprit. Tout sembla s'éclaircir. Il songea à un homme. Suffisamment dangereux et puissant pour corrompre et trahir. Ce régiment Thorvald, les objectifs secrets de l'Ordre dont il avait pris connaissance dans la lettre d'Entwan de Montsanlieux. Tout devenait cohérent, et le tapage crânien cessa. De la haine. Voilà ce qui bouillonnait à présent dans le corps d'Isaac. Une profonde sensation de colère d'avoir été dupé. Mais à présent il savait comment agir. Il lui fallait trouver encore quelques renseignements. Une toute dernière information pour comprendre une dernière chose, un dernier homme qu'il lui fallait cerner. Ensuite, il lui serait temps de préparer ce en quoi il ne croyait plus possible d'exister pour son âme : la rédemption.

*« Ce sera ma plus belle composition en ce bas monde.
Mon requiem. »*

XVII – CAMELOT

- Mon Roi. J'ai de très mauvaises nouvelles. Nous venons d'apprendre la mort du chevalier Sir Lamorak. Cela faisait un moment que nous cherchions à travers la Bretagne un signe de vie. Hélas… Il a été retrouvé à Farengoise. Les conditions de son trépas nous restent encore inconnues, mais nous attendions votre consentement pour y envoyer un de vos hommes. Son frère, Sir Perceval, vous demandera très certainement la permission de s'y rendre lorsqu'il apprendra cette tragédie.

Ainsi mes efforts n'auront abouti à rien. Aurais-je échoué à nouveau ? Se pourrait-il que les Dieux se moquent une fois de plus, contrariant un plan qui m'a déjà suffisamment fait violence dans le passé ? Retrouver le fils pour… Quelle erreur. Ne me pardonnera-t-on jamais d'avoir failli mes vœux ? Mon honneur ne sera-t-il jamais réparé ? Les lambeaux de ma vie sont les lambeaux de mon royaume. Il ne manque qu'un souffle pour que tout s'écroule. Nous étions tombés d'accord, Lamorak. Toi, mon fidèle ami. Tu t'es toujours vu comme un de mes sujets les plus proches, mais tu te trompais. J'avais en toi une confiance fraternelle. Mais nos convictions sont mortes avec toi. Farengoise, ce bout de rien du royaume. Et pourtant, c'est là-bas que tu t'es éteint. Qu'a-t-il bien pu se produire pour que le Noble Chevalier fléchisse ? Tu emporteras notre secret dans la tombe. Le secret de ce fils qui n'aurait pas dû exister et qui pourtant respire encore. À moins que lui aussi ne t'ait accompagné dans le dernier voyage ? Je n'aurai probablement jamais de réponses. Mais je me dois de poursuivre nos idéaux, pour toi, pour moi, pour Logres tout entier.

- Vous n'en ferez rien. Personne n'ira à Farengoise.
- Mais, mon Roi !
- Silence. Farengoise ne mérite en rien que nous concentrions nos forces et notre temps là-bas. Nous avons des affaires plus importantes à traiter ici, au sein de Camelot.
- Mais le corps de Sir Lamorak ? Il voudrait certainement que nous rapatriions sa dépouille en nos murs.
- La volonté d'un mort est-elle plus importante que l'équilibre de tout un royaume ?
- Mon Roi, je…
- Pour ce qui est de sa mort, nous ne la stipulerons pas en ces faits. Vous ferez écrire que Lamorak est tombé au combat dans les conditions les plus chevaleresques qui soient, faisant preuve de bravoure et de courage, passant l'arme à gauche dans un dernier souffle héroïque, songeant à son Roi et à son frère. Vous n'aurez qu'à préciser que cela s'est produit alors qu'il était à la recherche du Saint Graal.

- Mais...
- Pensez-vous réellement que nous ferons vivre la légende avec des faits réels ? L'Histoire ne s'écrit que par ce qu'il nous arrange bien d'évoquer, il en a toujours été ainsi. Alors exécutez les ordres.
- Je... Et pour son frère ?
- Je m'entretiendrai personnellement avec Sir Perceval. Je vous interdis de parler à qui que ce soit des évènements survenus à Farengoise.
- Mais, mon Roi, vis-à-vis de Farengoise, justement...
- Qu'y a-t-il, encore ?
- Notre contact nous a également évoqué des manœuvres militaires importantes. L'Ordre des Décroisés semble s'octroyer des terres et répandre son armée. Nous ne sommes pas à l'abri d'un coup d'État.
- Laissons les envieux se mouvoir dans leur médiocrité. Nous avons de bien plus sérieux problèmes ici. Dois-je vous rappeler nos querelles territoriales avec les peuples Pictes, Gaëls et Saxons ?
- Non... Non, mon Roi. Mais la vie de notre peuple est en jeu...
- Ce ne sera qu'une maigre perte comparée aux dégâts que nous subirons en cas d'offensives

ennemies. Laissons-leur les batailles et occupons-nous de la guerre.
- Bien... Votre Majesté.
- Disposez à présent.
- All Hail Arthur! All Hail Britannia!

Il nous reste peu de temps. La magie se meure, et ses croyances avec. Nous entrons dans une nouvelle ère, où il n'est plus de place pour les anciens Dieux, les anciens codes. Tout sera remanié prochainement, et ce ne sera pas de mon fait. La menace ne vient peut-être pas de là où on l'attend. Ces Décroisés... Je me demande bien qui ils sont et de qui surviennent leurs commandements. Il ne me reste plus beaucoup de temps avant que tout s'écroule. J'assisterai à la destruction de ce monde aux premières loges, depuis mon trône. Et je ferai payer à tous ceux qui n'ont jamais cru en moi par mon silence et mon inactivité. Ils ont pourri ma vie, je festoierai leurs morts. *All Hail Arthur... All Hail Britannia...*

XVIII – Le studieux et le sobre

Cela faisait plusieurs semaines à présent que le calme était revenu à l'abbaye. En bas, à Farengoise, les temps semblaient plus durs et il arrivait que des échos de cris ou de sons de corne parviennent jusqu'aux oreilles des frères et de Rodron. Mais tous étaient très occupés à faire tourner le domaine agricole et le vignoble de l'abbaye, lorsqu'ils ne se chargeaient pas des messes et processions qui avaient lieu hebdomadairement. Rodron avait repris du poil de la bête et s'activait du mieux qu'il pouvait, s'occupant tantôt des réparations du toit, et tantôt des vendanges. Il faisait preuve de beaucoup de sérieux et d'entrain dans son travail. Il voulait aider les frères du mieux qu'il le pût. Entre ses journées de labeur, il apprenait à lire et à écrire, aidé par les frères de l'abbaye qui se relayaient pour l'éduquer, apportant chacun leurs propres connaissances. Rodron faisait preuve d'une rapidité impressionnante pour assimiler et appliquer les leçons des moines. Frère Eli le regardait s'épanouir dans le savoir comme un père veillant sur son fils. Rodron avait quelque chose de spécial en lui. Il était d'un naturel et d'une authenticité qui forçaient le respect. Parfois gauche, mais toujours volontaire, Rodron faisait la joie des frères de l'abbaye qui l'avaient tous pris sous leur aile. Mais il demeurait une gêne que tous voulaient faire cesser. En effet, jusqu'alors, Rodron et Frère Jeannot ne s'adressaient plus la parole. En dehors des formalités de politesse pour se souhaiter le bonjour ou le bonsoir, les deux hommes s'évitaient. Pourtant, de son côté, Frère Jeannot fournissait des efforts considérables lorsque l'on connaissait ses travers. Cela faisait bien deux mois qu'il n'avait plus touché à une seule goutte d'alcool. Lui aussi se montrait spontané lorsqu'il s'agissait de donner un coup de main pour l'abbaye. Il travaillait sans interruption, rencontrant les fidèles, se rendant à Farengoise pour y raconter ses récits passés et aider les villageois dans leurs tâches quotidiennes. Jeannot était très apprécié dans le comté et tous aimaient le voir sur la place du village pour discuter ou lui demander conseil. Frère Eli était ravi des résolutions qu'avait prises Frère Jeannot. Depuis leur discussion le soir de l'alerte, il avait senti chez lui une réelle volonté de faire ses preuves et de changer son image. Il voulait s'en sortir, et il mettait tout en œuvre pour y parvenir. Entre eux, les frères se moquaient gentiment de leur ami en le renommant « Frère Jeannot, le sobre ». Ce dernier avait bien pris la plaisanterie et en tirait même une certaine fierté. Il se sentait enfin lui-même. Mais cette distance qui s'était créée entre Rodron et lui le mettait mal à l'aise. Plusieurs fois il avait essayé de faire un pas pour ouvrir la conversation, mais il n'avait le droit qu'à des *« Bonjour »* ou à des *« Merci, à vous aussi »*.

Frère Eli observait ces scènes pathétiques de loin. Il lui fallait agir. C'est dans ce but qu'il s'était organisé, en accord avec les autres frères, et dans la plus grande confidentialité, pour les isoler tous les deux. Pour cela, il avait profité du pèlerinage organisé par l'abbaye pour convier tous les frères, hormis Jeannot et Rodron qu'il avait sollicité pour garder l'abbaye en leur absence.

Rodron était donc seul ce jour-là, l'abbaye lui semblait bien vide. Il se forçait à lire un livre sur la géographie, mais l'orientation n'était pas son fort. À vrai dire, c'était précisément un sujet qui ne l'intéressait pas. C'est vrai ? À quoi bon savoir que tel endroit se trouve à tel endroit quand on sait pertinemment qu'on n'y mettra jamais les pieds ? Et puis pour ce qui était de se repérer dans l'espace, il lui suffisait de suivre les panneaux d'indication. Non, définitivement, ce livre l'ennuyait au plus haut point. Aussi, il le replaça dans la bibliothèque mitoyenne à la salle de culte. Il vadrouilla, traînant des pieds, sans trop savoir quoi faire. Il scruta alors la croix posée sur l'autel. Prier. C'était une chose qu'il n'avait encore jamais faite. Il trouvait ce procédé étrange et grotesque, et pourtant, souvent, il avait cette envie d'exprimer les mots et les souhaits qu'il gardait en tête. Il s'approcha de l'autel peu assuré, et, sans pouvoir se l'expliquer, très embarrassé par ce qu'il allait tenter de faire. Il vérifia à plusieurs reprises que personne ne risquait de le surprendre dans sa démarche maladroite, mais alors qu'il posa un genou au sol, la porte de l'abbaye grinça. Il se releva d'un bond, bousculant l'autel sans le faire exprès, faisant vaciller la croix qu'il rattrapa de justesse avant qu'elle ne heurte le sol. Il se retourna et découvrit Frère Jeannot qui l'observait le sourcil levé.

- Gamin ?
- Oh, euh, vous ici ? Ah. Je… Je vous croyais en pèlerinage, avec les autres frères.
- Et bien, non. À vrai dire, ils m'ont demandé de rester ici en leur absence.
- Ah ? À moi aussi. Oh… OK, je vois le projet.
- Oui… Moi aussi… Euh… Qu'est-ce que tu faisais ?
- Moi ? Oh, rien, je… Je… Dépoussiérais.
- Tu dépoussiérais ?
- Oui, le… La croix de… La croix de Jésus.
- Tu dépoussiérais la croix de Jésus.
- Exactement. Parce qu'elle… Parce qu'elle avait besoin d'être astiquée.
- D'accord, c'est très étrange.
- Carrément. Mais euh, et vous alors ? Qu'est-ce que vous…

Rodron aperçut alors la caissette de bouteilles de vin que portait Jeannot.

- Vous vous foutez de ma gueule ?
- Qu…
- Sérieusement ! Alors vos frères se butent à faire du vin de qualité pour le vendre au vil-

lage et vous attendez qu'ils soient absents pour vous beurrer la tronche ?!
- Hé oh ! Ce n'est pas du tout ce que tu crois !
- Je vais vous dire moi ce que je crois. Vous faîtes genre d'aller mieux devant eux, mais dans leur dos vous continuez à n'être qu'un sale ivrogne ! Vous êtes vraiment…
- Ça suffit, Rodron !

La voix de Frère Jeannot raisonnait encore dans l'enceinte de l'abbaye. Rodron ne s'attendait pas à ce ton autoritaire et il n'avait pas pu contenir son sursaut de surprise.

- Je sais que nous avons un passé regrettable, mais j'en ai assez que tu me considères comme un alcoolique abruti et désespéré ! J'ai des problèmes, c'est un fait… Mais j'essaye de m'en sortir, tu sais… Et je n'y arriverai pas si tu continues à m'enfoncer de la sorte. Ces bouteilles, j'allais les distribuer à Farengoise pour remonter un peu le moral des habitants. Apparemment, les Décroisés leur en font voir de toutes les couleurs. J'ai eu l'accord préalable de Frère Eli, et si je venais à ta rencontre c'était pour te proposer de m'y accompagner…

Rodron ne savait plus quoi dire. Il fut pris d'un profond malaise qu'il lui fallait conjurer rapidement.

- Je suis désolé, Jeannot, je… Je n'ai fait aucun effort de mon côté pour vous pardonner, alors que vous n'y êtes pour rien… Excusez-moi. Je vous ai pris pour responsable des évènements passés, car je ne parvenais pas à exorciser ma douleur et mes peines… Je regrette de ne pas vous avoir laissé votre chance et d'avoir été si dur… Je… Pardonnez-moi.

- … Bien sûr que je te pardonne, gamin. Alors... Accepterais-tu de m'accompagner ?

- Bien sûr. Avec plaisir. Mais je croyais que les ecclésiastes ne se mêlaient pas des affaires militaires.

- Ecclésiastes ? Et bien, quel vocabulaire. Je vois que tu prends tes leçons avec les frères très au sérieux.

- En effet.

- Pour répondre à ta question, non, nous ne nous en mêlons pas. Mais notre action ne prend pas parti. Nous offrons juste un peu de pitances aux plus démunis.

- Je comprends.

- En parlant de tes leçons, Rodron… Je voulais savoir… Tu sais, je ne suis pas très cultivé, ni très intelligent, mais… Peut-être que tu pourrais être intéressé par certaines de mes capacités ?

- Vous voulez dire la magie ?

- Et bien, euh… Oui. Mais tu as raison, c'est une idée ridicule…

- Au contraire ! Je serai ravi de l'étudier auprès de vous, Jeannot. Mais je croyais que la magie était un don inné.

- C'est inné. Chacun d'entre nous la possède. Mais très peu cherchent encore à l'éveiller. La magie est un art en voie de disparition. Les hommes ne prêtent plus d'attention aux rêves, à la nature ou au temps qui passe. C'est pourtant de tout cela qu'elle se nourrit. Je t'apprendrai, Rodron. Je suis sûr que tu réussiras à l'éveiller un jour. Après tout, Frère Eli pense que tu es amené à faire de grandes choses.

- C'est marrant. Il m'a dit exactement la même chose de vous.

- Cet homme est particulièrement clairvoyant. Peut-être que nos destins sont liés, en fin de compte.

- Haha. Oui, enfin doucement, hein. Je ne suis qu'un paysan studieux et vous un moine devenu sobre. Je vois difficilement comment nous pourrions changer quoi que ce soit dans ce monde.

- Héhéhé, tu n'as pas tort. Mais qui sait ? La vie est un conte fascinant et plein de surprises.

Ils se dirigèrent ainsi vers Farengoise discutant des tenants et des aboutissants de la magie, apprenant un peu plus à se connaître et se découvrant des similarités sur bien des points. Au village, ils furent accueillis en amis, en héros. Frère Jeannot raconta une de ses palpitantes aventures, et cette fois Rodron la suivit avec attention. Et il songea à tout ce que le monde ne lui avait pas encore révélé, pensant aux monts lointains et à leurs sommets inexplorés, à ces vastes océans le séparant d'îles et de terres aux mille et un secrets, à ces cieux indomptés. Rodron rêva d'épopées et d'odyssées. Après tout, c'était dans ce vaste monde que se trouvait son ami, son frère : Mordred. Où pouvait-il être à présent ? Quelles aventures vivait-il en ce moment même ? Quels récits palpitants se raconteraient-ils lorsqu'ils se retrouveraient ? Rodron souhaitait créer les siens, et il lui semblait de plus en plus probable d'avoir trouvé son futur compagnon de fortune. Le moine ria, des étoiles dans les yeux lorsqu'il évoquait ses souvenirs. Rodron sourit, envieux d'aventures. Il finirait son apprentissage à l'abbaye et partirait accomplir sa destinée. Il n'était plus l'enfant imberbe et boudeur qui courait derrière son ami pour le rattraper et l'empêcher de faire des bêtises lorsque ce dernier se rêvait chevalier. À présent, c'était à son tour de s'engager dans la réalisation de ses chimères. Et c'est ainsi qu'il retrouverait Mordred.

XIX – LE PIRATE

- Je n'ai rien à faire ici.
- C'est pourtant le souhait de votre père, Prince Elyenka…
- Mon père n'avait pas évoqué le fait de devoir prendre le large.
- Cela fait un moment que nos brigades maritimes cherchent à neutraliser ces pirates, et vous êtes le mieux disposé pour vous infiltrer dans leur équipage. Vous avez le talent, le tempérament et… Le look.
- Le look ? Sérieusement ?
- Votre père est extrêmement fier de vous.
- Dans ce cas, j'aurai souhaité qu'il m'attribue une mission plus méritante.
- Voyons, vous ne pensez pas ce que vous dîtes. Avez-vous conscience de la difficulté de votre tâche, mon Prince ?
- Balivernes. Laissez-moi une douzaine de jours et le problème sera réglé.

C'est curieux. C'est donc à cela que l'on pense lorsque la mort approche. Pourquoi ce souvenir ? Pourquoi celui-ci en particulier ? Ma dernière mission en tant que prince. Cette mission qui entamait ma descente aux Enfers. Vais-je les rejoindre, à présent ?

M'ouvrirait-on les portes du repos éternel, une bonne fois pour toutes ? Après tout, j'aurai tout donné.

À chaque instant de ma vie, j'ai impliqué tout mon être, mes forces, mon esprit. En vingt ans, j'aurai eu l'expérience de l'honneur, de l'amour, et de la perte. Tellement de pertes. Tout se termine aujourd'hui. Héhé… J'ai été bien impertinent, une fois encore. Une fois de trop. Je n'aurai jamais pensé qu'il existait des guerriers aussi puissants qu'elle.

- Qui me dit que tu es bien celui que tu prétends être ?
- Ta question manque de sens, mon ami.
- Ne sois pas aussi impertinent avec moi. Tu ne sais pas de quoi je suis capable.
- Ohoh, mais je n'en doute pas. Mais peut-être que le capitaine de ce si beau bâtiment acceptera de se confronter à moi plutôt que de se toiser sans rendre compte de sa valeur ?
- Tu ne peux qu'être fou pour te risquer à me défier.
- Ou désespéré, parfois je me pose la question. Désespérément invaincu.

Tu avais été le premier à me faire flancher. Moi qui avais pourtant reçu un enseignement militaire réservé à l'élite. Tu m'avais appris que le combat n'était pas une question d'entraînement ou de force, mais bien de conviction. Tu en avais des convictions, et des rêves que j'ai fini par partager malgré moi. En dépit de mon insolence, tu m'avais épargné. Enfin, tu… Sans elle, tu m'aurais certainement abattu devant tes hommes. Aurore…

- Arrête de bouger, Elyenka ! Je vais te faire mal.
- Est-ce vraiment indispensable, l'anneau à l'oreille ?
- C'est un signe distinctif. C'est la preuve que tu fais bien partie de l'équipage à présent.
- J'en connais un qui doit faire la gueule.
- Ronan t'adore. Il ne sait pas comment l'exprimer, mais je le connais par cœur. Il a beaucoup d'estime pour toi. Il te considère comme son rival, son meilleur ennemi. Tu devrais être honoré.
- Parce que les pirates ont un honneur ?
- Ce sont les seuls à connaître sa vraie définition. Tu t'en rendras très vite compte.

Je m'en suis rendu compte. Même dans mes derniers soupirs, je sens encore le poids de toutes ces disparitions qui me hantent. Pourtant je ne vois pas les spectres, ce qui me fait le plus mal dans la vie c'est l'oubli des morts, l'oubli des disparus. Bien sûr, les noms, les empreintes, resteront gravés à jamais. Mais ce qui me manque ce sont les visages, les traits que je ne distingue plus, la profondeur des regards, les plissures des yeux et des lèvres, les odeurs, les auras. Ce sont des facteurs qui ne survivent pas au temps. La fin approche. Je pensais les revoir, apparaître des tréfonds de mon esprit pour m'accueillir dans leur monde. Mais non. Seuls des échos du passé me parviennent.

Les coups de ses haches que j'esquive encore, rampant au sol, tentant désespérément de survivre, semblent couper le vent en deux. Seria, du régiment Thorvald. J'ai fini par la trouver, mais je n'ai pas songé un seul instant à ce qu'une telle femme existe. J'aurai tout fait pour tenir bon, mais elle est trop puissante. Je roule, m'enroule, je pare le martèlement interrompu de ses combos avec mon bouclier qui se cabosse dans un grand fracas. Les muscles de mon bras me lâchent, le coup suivant fait vibrer tout mon corps. Dans un dernier effort, je jette mon bouclier, dernier symbole de ma famille. Je regarde avec tristesse les héraldiques qui l'ornaient. Seria sourit. Impressionnante guerrière. Une Décroisée pas comme les autres.

- Avais-tu des rêves, vagabond ?
- J… J'en a… Avais deux.

Mon tout premier rêve c'est à toi que je le devais, Ronan. Le trésor des Îles Immergées. Comment oublier une telle aventure ? Son issue m'avait bouleversé à jamais. Toi. Aurore. Vous tous. Nos vies ont brutalement changé après. L'honneur. L'amour. J'avais échoué dans les deux domaines, je les avais mélangés au point de n'en récolter que la perte. J'ai regretté mes choix si fort et si longtemps. Mais à ce moment précis du bout de mon existence, je ne regrette plus. J'avais écouté mon cœur. C'est pour cela que j'avais trahi mon père. Pour cela que j'avais trahi mon rang. Pour cela que je t'avais trahi, Ronan… Mais j'ai payé mes pêchés. En parallèle de mon aventure, c'est tout mon royaume qui a été décimé. Mon père. Ma sœur. Mes amis. Tout cela à cause d'un homme. C'était celui-là mon deuxième rêve, un rêve bercé de haine et de vengeance. Le songe de retrouver le coupable de l'extermination de ma lignée. Mais il est trop tard à présent. Car cette formidable guerrière arme le coup fatal. C'est étrange cette sensation. Mon dernier souffle. Le temps semble s'étirer dans un ralenti magnifique. Pourtant les flashs qui me viennent s'alternent à une vitesse incroyable. Malgré la rapidité de leur apparition, j'ai le temps d'observer chaque détail. Enfin, je vous redécouvre. Père, Ronan, Aurore… Mais qu'en est-il de toi, ma sœur ?

- Je n'aime pas savoir que tu dois partir.

- Les ordres de Père sont indiscutables, tu le sais bien.

- Oui… Mais ce n'est pas un bon moment pour t'en aller. Cet homme… Je ne l'aime pas. Il y a quelque chose chez lui qui me tourmente. Père n'a rien voulu savoir à ce sujet.

- Père est un homme important. Il est très sollicité, et ses responsabilités sont grandes. Ne sois pas capricieuse, ma sœur.

- Je fais ce que je veux, héhé. Tu vas me manquer. Prends soin de toi, Elyenka. Que les Dieux te gardent.

- Que les Dieux te gardent.

Éléonore... Cet homme dont tu me parlais, c'était lui !

- Adieu, sombre fou.

Pas maintenant, non ! Le coup s'abat finalement, mais je sens cette vague d'énergie montée en moi, cette aura particulière. La même que sur les Îles Immergées. Mes Dieux ? Sa hache se brise sur moi, mais mes os et ma chair sont intacts. Seria est surprise, choquée par ce qu'il vient de se produire. Ne le suis-je pas moi-même ? Elle réitère son attaque avec sa deuxième arme. Le miracle ne se reproduira pas deux fois.

Pourtant son visage change subitement de couleur. Un filet de sang s'échappe de sa bouche. J'aperçois la lame de l'épée qui lui a transpercé le corps par-derrière. Seria tombe au sol, tout près de moi. J'aperçois avec difficulté son visage. Comment une telle meurtrière peut-elle posséder un regard si tendre ? Je cherche à distinguer mon sauveur, mais les rayons du soleil m'aveuglent partiellement. Je ne distingue qu'une silhouette. Je ne comprends pas ce qu'il se passe.

- Tu dois oublier la piste du régiment Thorvald. Elle ne te mènera à rien. L'homme que tu recherches, s'agit-il bien de...

Je n'arrive pas à le croire. Ce nom ! Son nom. Est-ce un tour des Dieux qui me viennent en aide ? Qui est cet homme qui sonde ainsi mes souvenirs ?

- Il n'est plus connu ainsi à présent. Ton but est-il bien de le supprimer ?

J'hoche la tête sans comprendre le véritable sens de la question. Et ce soleil qui brouille ma vision…

- Alors survis et poursuis ta quête. Attaque tous les régiments Décroisés qui se dresseront sur ta route, rassemble le plus d'informations possible, et alors le temps viendra où tu le confronteras, mais n'espère pas le vaincre facilement. Si tu n'as pas su résister à Seria, tu n'auras aucune chance lorsque tu te trouveras face à lui. D'ailleurs ce jour-là nous nous reverrons très probablement, et nous serons ennemis. Survis, jeune homme. Tu le dois.

Je le regarde partir. Cet homme dont je n'ai rien aperçu si ce n'est une *ombre rouge* se dissiper dans la luminosité imprimant mes rétines. Qui était-il ? Que voulait-il ? Me sauver ? Me tourmenter ? Peut-être les deux ? Que j'abandonne mes recherches sur le régiment ? Qu'il serait mon ennemi ? Tant de questions se bousculent. La douleur du combat refait surface et prend le pas sur mes pensées. Je dois survivre, car ce nom, ce nom que je recherche depuis si longtemps, cet homme le connaissait. Je n'ai donc pas fait fausse route depuis tout ce temps. Il a bel et bien rejoint les Décroisés. Je dois me battre encore. Je dois survivre. Pour mon Père, pour ma sœur. Ronan, Aurore, pardonnez-moi, il n'est pas encore venu le temps pour moi de vous rejoindre. Mais cela ne tardera plus, je le sens. Il me reste encore une chose à terminer. Une dernière chose. Après quoi, je vous retrouverai dans l'autre monde, nous nous en retournerons voguer sur les mers déchaînées, en quête de nouveaux trésors, de nouvelles quêtes. Nous serons réunis pour l'éternité.

L'éternité pour notre vie de pirates !

XX – Son premier coup d'archer

- Qui êtes-vous ?
- Oh, je ne suis qu'un simple pèlerin à la recherche d'un gîte pour la nuit.

Mordred connaissait bien cette rengaine. Le fermier les regarda de la tête aux pieds. Autant la tenue d'Accolon se prêtait au subterfuge, autant les nouveaux habits de Mordred pouvaient soulever le doute.

- Mon disciple ici présent m'accompagne dans mon périple. Il surveille mes arrières et veille sur moi le temps de mon trajet. Les routes ne sont plus aussi sûres qu'autrefois. Cela vous fait deux bouches à nourrir, certes, mais vous bénéficierez de sa protection. De plus, il vous aidera dans vos tâches agricoles le temps de notre séjour.

Mordred se demande pourquoi diable le vieil homme aurait besoin d'une quelconque protection. À moins que les fermiers de cette région ne soient la cible des bandits de chemin, il n'y avait aucune raison que ce dernier la sollicite.

- Cela tombe bien, ma foi. Nous sommes quelque peu débordés ici, ces derniers temps.

- Ne vous en faites pas, j'ai été fermier, je pourrai vous aider.
- Oh. Et bien soit, je ne vais pas refuser le gîte à un homme de Dieu. J'ai suffisamment de problèmes comme ça, sans en plus devoir me coltiner une colère divine. Entrez, entrez.

Accolon hocha la tête, satisfait. Son plan fonctionnait à merveille. Mordred, lui, n'avait aucune idée de ce que pouvait bien tramer son maître, mais il ne chercha pas à comprendre et le suivit sans poser de question. La maison était petite, mais Mordred s'y sentit tout de suite à l'aise. Elle lui rappelait la demeure de Nabur, le lieu dans lequel il avait grandi. Les mêmes murs en torchis et la même chaleur provenant de l'âtre sur lequel un chaudron bouillonnait. L'odeur ambiante le projetait aussi dans ses souvenirs. Accolon remarqua son air décontracté et ne put s'empêcher d'esquisser un sourire.

- Je vous sers à boire ?
- Merci, avec plaisir.
- Jeune homme ?
- Pas pour moi, merci. Je préfère m'abstenir de boire.
- Voyons, Mordred. Ce ne sont pas des manières. On ne refuse pas un verre à son hôte.
- Ah, je… Et bien… Alors oui, s'il vous plaît… Merci.

Tous s'installèrent à table. Accolon engagea alors la conversation, interrogeant le fermier sur son quotidien, sur ses terres, sur son vécu. Le fermier semblait heureux de pouvoir se confier sur sa vie. Mordred écoutait la conversation, y participant lorsqu'il y était sollicité. Trois quarts d'heure passèrent ainsi durant lesquelles Mordred s'était relâché. Il se sentait bien. L'atmosphère, la nourriture, la boisson, tout cet ensemble de détails le réconfortait et lui rappelait sa vie à la ferme de Nabur. Il se prit d'affection pour le paysan qui lui faisait penser à son père adoptif. Mais c'est alors que la porte s'ouvrit brusquement. Deux jeunes garçons entrèrent. Le premier devait être un tout petit peu plus vieux que Mordred, les yeux clairs, les cheveux broussailleux, il scruta un bon moment les invités attablés.

- Bonjour…
- Bonjour, enchanté, jeune homme. Je suppose que vous êtes le fils de…
- Oui, oui, on est ses fils, oui. Je peux te parler un moment, vieillard ?

Ce mot sonna comme un verre que l'on brisait sur le sol dans les oreilles de Mordred. *« Vieillard »*, c'est ainsi que le fils appelait son père ? Ils se rendirent tous deux dans une petite pièce mitoyenne. Pendant ce temps le deuxième, bien plus jeune, observait Mordred avec interrogation.

- Vous êtes un chevalier ?

- Hein ? Ah, non, pas du tout bonhomme. Je suis un fermier, comme ton père. J'assiste momentanément ce monsieur le temps de son pèlerinage.
- Vous êtes un homme de Dieu ?
- Oui, on peut dire ça, en effet.

Accolon observa le jeune garçon prendre place à table aux côtés de Mordred et commencer à manger. Mordred sourit tendrement à l'enfant.

- J'en ai rien à faire, tu comprends ça ? La prochaine fois, demande-moi avant d'inviter n'importe qui chez nous. J'ai beaucoup de travail maintenant, moi, tu peux l'intégrer dans ta petite tête de croquant ? Bon sang. Je dois y aller, on en reparlera à mon retour.

La conversation était privée, mais le ton était suffisamment monté pour que tout le monde l'entende. Le jeune homme attrapa une pomme sur la table, fit un signe de tête forcé à Mordred et Accolon, et sortit de la demeure. Le vieux paysan vînt se rasseoir, la mine basse. Mordred était triste pour le fermier. Il ne méritait pas qu'on lui parle sur ce ton.

- Vous pouvez me passer le pain s'il vous plaît, monsieur le chevalier ?
- Oh. Héhé, oui, bien sûr.

Le fermier sourit à son fils cadet, pinçant ses lèvres, encore sous le coup de l'émotion provoquée par son aîné. Mordred était gêné, mal à l'aise de ne savoir quoi dire, mais c'est Accolon qui prit la parole.

- Il m'a tout l'air d'être quelqu'un de très tourmenté, votre fils.
- Oh ? Non, il n'est pas tourmenté. Mais tout ça, ça lui monte à la tête.
- Tout ça ?
- Rien… Rien… Il est insolent, ingrat. Je ne comprends pas ce qui fait qu'il a pu devenir comme ça. J'ai pourtant toujours tout fait pour qu'ils soient heureux son frère et lui. Mais ce n'est jamais suffisant. J'ai déjà beaucoup de travail à la ferme, et il ne m'aide pas. Il accomplit sa destinée, qu'il me dit sans arrêt… Parfois j'ai l'impression qu'il oublie que sa destinée ne serait rien si je ne m'occupais pas de lui…

Mordred avait une boule dans le ventre. Ses yeux lui piquaient et les battements de son cœur avaient accéléré. Il regarda Accolon qui évita son regard.

- Ce sont des enfants, ma foi. Ils n'ont pas encore conscience du mal qu'ils peuvent faire, mais peut-on vraiment leur en vouloir ? Nous sommes tous passés par ces phases-là.

- Oui, je sais bien. Je sais bien. J'ai beau être en colère et déçu, je l'aime plus que tout, c'est comme ça.
- Lui aussi il vous aime !

Les mots étaient sortis comme ça, Mordred n'avait pas su contrôler son émotion. Le vieil homme le regarda avec de grands yeux.

- Je veux dire… Lui aussi, il vous aime. C'est sûr. Même… Même s'il ne vous semble pas redevable et qu'il est parfois maladroit, il vous aime. Après tout, vous êtes celui qui l'a éduqué. Vous êtes son… Vous êtes son père. Et même si beaucoup de choses changent avec le temps, celle-ci est immuable. Il ne vous le dit peut-être pas, par honte ou tout simplement parce qu'il ne sait pas trouver les mots, mais… Il vous aime, c'est sûr.

Les larmes étaient montées aux yeux du vieil homme qui regarda Mordred avec beaucoup de tendresse. Il hocha la tête en signe de remerciement.

- Moi aussi je t'aime, papa. Et j'aime aussi mon grand-frère. Moi, j'aime tout le monde !

Mordred sourit et ébouriffa les cheveux de l'enfant. Accolon observa son disciple avec émotion, mais son regard se durcit étrangement, et cela n'échappa pas à Mordred.

Ce soir-là, Mordred passa l'une de ses meilleures nuits depuis des mois. Il était au chaud, dans une demeure qui le rassurait et lui rappelait son cocon d'antan. Que n'aurait-il pas donné pour retourner à cette époque de sa vie ? Passer des rêves au concret de son destin n'avait été qu'une succession d'horreurs et de déceptions. Il avait cherché durant des années des réponses à ses questions. Aujourd'hui, il aurait préféré vivre à jamais dans l'ignorance, aux côtés de Nabur, son père adoptif. Son père.

Le lendemain matin, Mordred tint sa promesse et aida le vieil homme à la ferme. Retrouver ces activités ne le dérangeait absolument pas, bien au contraire, il se rendait compte plus que jamais de la saveur qu'elles avaient. Une fois qu'il eut terminé de nourrir les animaux de la ferme, le vieil homme lui donna son congé et Mordred fut embarqué par le plus jeune fils pour aller jouer avec lui à la rivière. Une fois de plus, Mordred fut troublé par la similarité du style de vie de la famille, ne pouvant s'empêcher de le comparer à celui qu'il avait lorsqu'il vivait chez Nabur. Accolon l'observa simuler un monstre aquatique se faisant vaincre par le jeune enfant. Mordred semblait normal. À ce moment précis, rien ni personne n'aurait pu deviner le passé du jeune archer, ni le destin qu'il devait accomplir. Accolon fut presque gêné de se faire une telle réflexion. Il ne devait pas oublier ses objectifs. Mais après tout, cette parenthèse n'allait plus durer très longtemps. Mordred plongea, s'amusant à couler gentiment l'enfant qui, de son côté, ne prenait pas de pincettes pour riposter. Mordred riait. Cela ne lui était plus arrivé depuis si longtemps ; Lorsqu'il s'en rendit compte, son sourire s'effaça un instant. L'enfant le ramena à la réalité en lui fonçant dessus. Mordred l'attrapa et le jeta à l'eau.

- Hahaha, encore ! Encore !

L'opération se répéta le temps d'une petite heure. Lorsqu'ils sortirent de l'eau, Mordred sécha son camarade de jeu et le convia à aller se réchauffer près du feu de l'âtre dans sa demeure. Mordred resta un moment près du cours d'eau, il saisit une pierre et lui fit faire plusieurs ricochets. Il haussa les épaules et se retourna. Accolon lui tendit un linge.

- Merci.
- Et bien, je ne t'avais jamais vu ainsi. C'est agréable.
- Je ne m'étais plus vu ainsi non plus. Oui, c'est agréable. Mais en dehors du fait que je passe un très bon moment, allez-vous finir par m'expliquer ce que nous faisons ici ?
- Tu le sauras bien assez tôt.
- Ouais, en même temps je sais même pas pourquoi je vous pose la question.
- J'ai remarqué que tu n'avais plus du tout peur de l'eau.
- Non, en effet. Ce traumatisme a disparu le jour où… Enfin, vous savez.
- Oui… Tu es vraiment surprenant, Mordred.

- Humpf, pourquoi vous dîtes ça ?
- Tu es fort. Très fort. Pour ton âge je trouve cela sidérant.
- Ouais, et bah quand on voit comment vous êtes taillés par rapport à moi, je suis pas sûr qu'on puisse parler de force.
- Je ne te parle pas de force physique, voyons. Je te parle d'une force bien plus importante, celle de l'esprit.
- Héhé…
- Qu'y a-t-il ?
- Non, mais c'est vous, vous me faites rire à faire des phrases comme ça tout le temps. Faut vous détendre un peu. Vous êtes d'un sérieux.
- Hum… Nous en reparlerons plus tard. Habille-toi, nous rentrons.
- Bien.

Sur le trajet retour, Mordred continua à taquiner son maître, mais la plaisanterie cessa rapidement. Le fils aîné rentrait chez lui, et Mordred découvrit avec stupeur qu'il portait un tabard Décroisé.

- Accolon, vous vous foutez de ma gueule !
- Qu'y a-t-il, c'est un Décroisé, non ?
- Alors c'était ça tout votre manège. Tout cette mise en scène pour que je tue notre hôte.

- Pour que tu tues un Décroisé. N'est-ce pas cela que tu me réclames depuis des mois ?
- C'est que… Là c'est pas pareil, je… Son père…
- Et alors ? Tu crois que tous les Décroisés n'ont pas des parents, des amis ? Quelle est la différence entre lui et les autres que tu souhaites condamner à mort ?
- Je…
- Allons-y !
- Attendez !

Mordred suivit Accolon d'un pas rapide, perdu. Lorsqu'ils entrèrent dans la maison du fermier, ce dernier se disputait avec son fils.

- C'est hors de question !
- Tu n'as pas le choix, vieillard. C'est un ordre des hautes instances. Les Décroisés réquisitionnent la ferme.
- C'est hors de question !
- Ça suffit !

Le fils poussa son père au sol. Le plus jeune enfant se mit à pleurer. Mordred ne put contenir sa rage et se saisit du bras du soldat.

- Tu n'as donc aucun respect pour ton père ?!

– Lâche-moi ! Et occupe-toi de tes affaires. Il est temps pour vous de partir. Prenez vos affaires et fichez le camp immédiatement, je ne me répèterai pas !

Mais c'est alors que tout un régiment Décroisé entra. Mordred était paniqué, Accolon se tenait prêt.

– Accolon, je…
– Ne discute pas.
– Et bien qu'est-ce qu'il se trame ici ? Tu n'as pas encore fait le ménage ?
– Désolé mon général, mon père et ses invités allaient partir.

Le vieux fermier pleura silencieusement, son plus jeune fils dans les bras. Mordred ne savait plus faire la part des choses entre sa haine et sa peine.

– Attendez, je vous reconnais…

Un des soldats Décroisés avait effectué un pas en direction d'Accolon, le regard de ce dernier étant devenu sombre.

– Vous faites erreur.
– Non, il n'y a aucun doute ! Vous êtes recherché par le régiment du général Ganon ! C'est vous qui rôdiez la dernière fois, des hommes vous ont aperçu et décrit !

Les soldats avaient sorti leurs armes. Le fils aîné ne comprenait plus rien, il semblait paniqué. Le fermier regardait la scène avec des yeux rouges, ébahi. Le soldat Décroisé se galvanisa.

- Saisissez-le !
- Mordred, maintenant !
- Accolon, attendez, je…

Mais il était trop tard, la dague d'Accolon venait de transpercer le cœur d'un des soldats. La panique se transforma un affolement, tous les Décroisés attaquèrent dans la stupeur. Mordred se saisit de son arc et tira. La flèche se planta dans le crâne d'un soldat. L'enfant pleurait, hurlant de peur. Accolon continuait d'attaquer à une vitesse impressionnante. Alors Mordred enchaîna les traits. Chaque flèche tuait. Les Décroisés hurlaient de panique et de rage. Très vite, les murs de la petite demeure furent maculés du sang des Décroisés. Alors le fils du fermier se jeta sur Mordred, ce dernier esquivant ses coups d'épée et les parant à l'aide de la corde de son arc.

- Tue-le, Mordred !
- Non, je…

Le regard de Mordred alternait entre son assaillant et la famille de ce dernier.

- Pas mon fils, non ! Non !

Les cris de désespoir du vieil homme chamboulèrent Mordred qui ne put se résigner à abattre son ennemi. Accolon continuait de lutter contre plusieurs soldats. La table, les sièges, le mobilier, tous se brisèrent ou furent détruits dans la bataille. Le petit frère du Décroisé vint se jeter sur la dépouille de son aîné. Dans le chaos général du combat, Mordred avait fini par toucher celui qu'il se refusait de tuer.

- Non ! Grand-frère ! Grand-frère !!! T'es pas un chevalier ! T'es un méchant !!! T'es un méchant !!!

Le cœur de Mordred battait à une vitesse incroyable, il n'arrivait plus à trouver d'air pour respirer, ses poumons semblaient s'être gonflés au point d'exploser. Mordred avait chaud, et pourtant il frissonnait. Des sueurs froides parcouraient son corps. Accolon supprimait encore des Décroisés. Mordred souffla, son regard se durcit et il tira encore et encore, tâchant de faire abstraction des hurlements de l'enfant et des cris de détresse du vieil homme. Alors il n'y eut plus de soldat Décroisé vivant dans la pièce, la demeure était devenue un tombeau. Mais tandis qu'Accolon s'apprêtait à refourrer son arme, le fermier lui fonça dans le dos avec un tisonnier.

- Meurtrier ! Mon fils… Aaaaaaah !!!

Accolon fut surpris et n'eut pas le temps de réagir, mais c'est Mordred qui fut le plus rapide. La flèche qu'il décocha se logea dans la gorge du vieil homme.

- Non !!!

L'enfant hurlait de douleur, le supplice était tel qu'il se mit à avoir des spasmes, les yeux rougis par des larmes qui ne cessèrent pas. Mordred était choqué. Il courra vers le fermier et l'attrapa avant qu'il ne chute au sol. Le vieil homme le regarda avec incompréhension. Son regard pénétra l'âme de Mordred, et alors qu'il avait été jusqu'à présent terrifié par son acte, ses nerfs se calmèrent immédiatement et il retrouva une respiration normale. Un bref instant le visage du vieil homme prit l'apparence de Nabur.

- Une fois de plus…

Mais Mordred n'en tint pas rigueur. Il accompagna le fermier dans ses dernières respirations, lui soutenant la tête et lui serrant la main. Le fermier était mort. L'enfant hurla de chagrin une dernière fois, fonçant tête baissée sur Mordred avant de s'évanouir dans ses bras. Mordred regarda autour de lui. Il venait de réaliser son premier meurtre Décroisé. Cela n'avait absolument rien à voir avec la mort de Lamorak. Lorsqu'il avait écrasé la hache dans le dos du traître, il était rongé et motivé par une colère noire qui avait pris le dessus, mais cette fois, Mordred avait été conscient de ses actes durant tout le combat, jusqu'à la mort du fermier. Mordred observa Accolon, le regard neutre.

- C'est donc de ça que vous parliez… Ma résurrection…

- On ne peut renaître que dans la mort, Mordred.
- Je comprends... C'est étrange, mais... Je ne me sens pas mal. Pas bien non plus, mais... Pas mal...
- Tu n'as fait que concrétiser ton souhait. Celui de détruire l'Ordre des Décroisés. Et pour une première fois, tu t'en es incroyablement bien tiré.
- Toute cette mise en scène, c'était pour me tester ?
- Entre autres, oui... C'était aussi pour que tu te rendes compte d'une chose.

D'un signe de tête, Accolon désigna le fils aîné du fermier.

- Celui que tu aurais pu devenir si tu avais poursuivi ta volonté d'entrer dans l'Ordre.

Mordred ne répondit rien. C'était vrai. Il n'y a pas si longtemps que ça, son plus grand rêve était de rejoindre l'Ordre des Décroisés, il se fabulait de nobles et vénérables soldats œuvrant pour la paix, mais fort était de constater que leurs desseins étaient bien plus sombres et condamnables. Tout autour de lui, Mordred découvrait les fondations de sa nouvelle existence. Celle d'un meurtrier qui vengerait son père adoptif et ses convictions abattues. Il observa alors avec tristesse le plus jeune enfant du fermier, encore inconscient dans ses bras.

- Et pour lui, que faisons-nous ?
- Il a vu nos visages.
- Je refuse d'ôter la vie à un enfant. Il est innocent.
- Tu as raison, je n'aurai jamais proposé une telle atrocité. J'ai mes limites, même dans mon éthique.
- Alors nous allons devoir l'abandonner à son sort, comme ça...
- Je le crains. Nous pourrons le confier à une autre famille. Attendons demain, la nuit est tombée. Nous nous occuperons de faire disparaître les corps à l'aube. Repose-toi ce soir, une éprouvante journée nous attend.

Mordred ne trouva pas le sommeil, l'esprit trop tourmenté par les corps jonchant encore la salle de vie de la demeure. Il ne restait plus rien du cocon qu'il venait à peine de retrouver, et il lui fallait l'admettre, il ne le retrouverait jamais plus. Car ce n'est pas à cela que Mordred était destiné. Les moments de rire, de naïveté et de jouvence étaient derrière lui. Il avait eu le droit à un dernier rappel, une dernière opportunité de vivre comme un jeune garçon lambda. Mais il avait dû revenir à la réalité. Et sa réalité s'inscrivait dans le sang, dans la mort. Le chemin qu'il devait emprunter serait semé de cadavres et de larmes, il le savait. Aujourd'hui, Mordred n'était plus un fermier, il n'était plus un apprenti s'exerçant dans les bois, et s'entraînant pour faire face à ses futurs ennemis, il était l'Archer, le tireur sans cœur œuvrant pour la destruction des Décroisés. Ainsi serait-il. Le redresseur de torts agissant dans l'ombre, supprimant les usurpateurs, les assassins cachés derrière la bannière décroisée de Dieu. Il était prêt à supporter ce fardeau. Car il ne croyait plus en rien. Et pour donner un sens à son existence, il supprimerait celles de tous les puissants, de tous les tyrans exerçants leur pouvoir dans la terreur et le sang. Il n'en était qu'à son premier coup d'archer, et se trouvait encore bien loin du dernier..

XXI – Metamorphose en bord de ciel

- C'est curieux, je ne m'étais pas rendu compte que la ferme se trouvait sur les hauteurs.
- Comment te sens-tu ?
- Ça va. Ne vous inquiétez pas.
- Pensez-vous qu'il existe en être absolu en ce monde ?
- Tu veux dire… Un Dieu ?
- Peut-être, oui…
- Tu dois le savoir mieux que moi, je me trompe ? Ne m'avais-tu pas dit que les Dieux s'étaient adressés à toi ?
- Je vous l'avais dit ? C'est marrant, je ne m'en souviens même pas. Peut-être parce que je n'en tiens pas rigueur.
- Tu es vraiment spécial, tu sais. Certains ne croient que ce qu'ils voient, et toi alors qu'il t'a été possible de voir, tu le dénigres ?
- Ce n'est pas parce qu'ils se sont adressés à moi que je dois croire en des entités puissantes. Pourquoi des Dieux d'ailleurs ? Pourquoi pas des démons, plutôt ? À vrai dire, savoir qu'ils existent me fait plus douter d'eux qu'autre chose. Comment peuvent-ils

laisser le monde foutre ainsi le camp ? Au lieu de se matérialiser pour venir troubler ma vie, n'auraient-ils pas mieux fait d'agir pour abolir la haine, les guerres ? Ils sont les êtres les plus incompétents qu'il m'ait été donné de rencontrer.

« Dame Morgane… Si vous entendiez ça… Tout se passe comme prévu. Bien mieux que ce que je pouvais espérer. Vous seriez fière de votre fils. »

- Je vais à la ferme m'occuper de l'enfant et faire disparaître les dernières traces de sang. Je reviens.
- Accolon, puis-je vous poser une question ?
- Je t'écoute.
- Comment saviez-vous tout ça ? Comment aviez-vous pu prévoir que dans cette ferme précisément il existait une famille semblable à la mienne, qu'un Décroisé y vivait et que tout son régiment allait intervenir ? Comment avez-vous fait ça ?
- C'est ma spécialité Mordred. Toi tu es un virtuose du tir à l'arc, moi de l'espionnage. C'est ce que j'ai toujours fait. Depuis que je suis né. J'espionne, je collecte des informations, je m'infiltre, je me renseigne et je crée les hasards, j'arrive au bon endroit au bon moment, et les évènements se déroulent alors comme je les ai prévus.

- C'est ce que vous avez fait avec moi, n'est-ce pas ?

« Que ?! J'en ai trop dit... »

- Quand vous êtes venus inspecter que je vivais bien avec Nabur, je veux dire.
- Ah, oui. Oui, exactement. Attends-moi ici.
- Une dernière chose. Vos petites mises en scène pour me confronter à ma motivation et à mes objectifs. Ne faites plus jamais ça, s'il vous plaît. Ce n'est plus nécessaire.
- B... Bien, Mordred...

« Décidément, imprévisible... Ce garçon est tout aussi fascinant qu'il est terrifiant. Bien, à présent tout est réglé. Je supprime le môme, je lui dirai qu'il s'est enfui. Cette idée me répugne, mais je ne peux pas prendre de risque, il a vu nos visages, c'est trop dangereux. Que ? Mais c'est une blague ? Cet homme, c'est... Et avec lui... Non ! Si c'est encore un de vos sales tours, croyez bien que vous n'arriverez à rien contre moi, maudit Dieux ! »

--

- Qu'est-ce que c'est glauque comme endroit. Tu trouves pas ? Hein ? Hein ? Hein ?
- Roh, la ferme Venance, on va encore se faire engueuler.

- Pff, un peu plus, un peu moins... C'est du même au pareil.
- C'est dans l'autre sens. Ça veut rien dire, là.
- Oui, enfin tu m'as compris. Oh et puis j'en ai marre de marcher comme ça pendant des plombes sans comprendre où je vais. Je suis un soldat bon sang, j'ai le droit de savoir quels sont les...
- Silence ! Arrêtez-vous !
- Rah, c'est pas vrai, on va se faire dérouiller à cause de toi.
- Me balance pas !
- Vous deux, restez là et occupez-vous-en. Je vais voir ce qu'il se passe.
- Ce qu'il se passe ?
- Le sang... Il y a du sang là-bas. Comme si quelqu'un avait traîné des corps...
- Bah dis donc, t'as l'œil.
- Pfff...

--

- Il y a quelqu'un ?! Il y a quelqu'un ?!
- Oh ! Quelqu'un ! Mon Dieu, mes prières ont été entendues !
- Qui êtes-vous ?

- Je suis un pèlerin, j'étais en route pour cette ferme, mais il semblerait qu'il y ait eu un massacre. Certainement des bandits de grand chemin, ces routes en sont peuplées. Hélas, je dois l'admettre, je n'ai pas eu le courage d'entrer.
- Que me voulez-vous ?
- Et bien rien, ma foi, je voulais vous avertir. Et la question serait plutôt qu'est-ce que vous attendez de moi ?
- Comment ?
- Et bien, que puis-je faire ? Dois-je alerter quelqu'un, aller chercher des secours ? Vous m'avez tout l'air d'un chevalier, ou d'un soldat, je me trompe ? De ce fait, je suis à votre service si vous désirez quoi que ce soit.
- Je n'ai besoin de rien. Vous pouvez poursuivre votre route, pèlerin.
- Oh, et bien, et bien soit, adieu alors.
- Et faites bien attention à vous.
- Pourquoi cela ?
- Les bandits. On ne sait jamais qui pourrait être à votre poursuite, je me trompe ?
- N… Non… Vous avez raison, merci.

--

- À qui il parlait ?

- Aucune idée. On aurait dit un genre de moine, non ?
- C'est à croire que tu n'as jamais vu un moine de ta vie.
- Bah quoi ? Ils ont bien des robes comme ça les moines, non ?
- Elles sont marron leurs robes, pas noires. Noires ce sont les paladins, sombre imbécile.
- Oui bah paladin, moine, c'est du même au pareil.
- C'est dans l'autre…
- Oui, bon, merde. Qu'est-ce qu'il fait ? Il entre dans la maison ?
- Tu as vu ça ?!
- Non quoi ?
- Cette lumière bizarre là sous la porte.
- Non j'ai rien vu du tout. Oh ! Mais tire pas sur les chaînes, toi ! Faut pas s'agiter comme ça. Halala, je l'aime pas cet endroit, y'a un truc dans l'air…
- Regarde, il revient…
- Un problème, mon général ?
- Je me suis trompé. Quelque chose ne va pas… Nous rebroussons chemin à nouveau.
- Quoi ? Non, mais c'est abusé !
- La ferme, Venance…

- Non, mais sérieux, général, vous allez pas nous faire faire des allers-retours comme ça pendant...
- Nous reprenons la route !!!
- Oh. Oui, mon général. Pardon, mon général !... Putain, il m'a foutu les boules.
- T'es complètement inconscient parfois. Allez, en route.
- Allez !
- Tire pas si fort sur les chaines, ça va, tranquille...
- Oui, oui, OK...

--

- Mordred, il nous faut partir sur-le-champ !
- Que ?! Comment ?! Qui êtes-vous ?!
- C'est moi... Accolon...
- Qu'est-ce que... Qu'est-ce que c'est ce bordel ?!
- Du calme, écoute-moi... J'ai... J'ai dû utiliser une de mes capacités... La métamorphose... C'était trop dangereux de continuer avec mon visage actuel... Je... Bref, partons immédiatement.
- Vous vous foutez de ma gueule ?! Et l'enfant, alors ?! Bordel, qui êtes-vous ?!

- Tu es le fils du roi Arthur et de la reine Morgane, tu as été élevé par un fermier du nom de Nabur, assassiné par les Décroisés, tu es celui qui a tué Sir Lamorak, et tu t'entraînes depuis des mois pour détruire l'Ordre. Ça te va ?!
- Putain... C'est pas possible... Vous en avez d'autres des tours de ce genre... Prévenez, c'est flippant.
- J'ai été pris de court, j'aurai préféré éviter de me transformer...
- Ça ne va pas ? Vous avez du mal à respirer.
- C'est un des effets de la métamorphose ne t'en fait pas, ça va aller. Mais nous devons partir, et vite.
- Que s'est-il passé ? Où est le gamin ?
- Je ne l'ai pas vu, il a dû prendre la fuite. Allons-y, Mordred, je t'en prie...
- Oh... OK... OK, allons-y...
- Bien... Bien.

« C'était moins une... Je me demande même s'il ne m'a pas reconnu. Si Mordred apprenait que c'est moi qui aie donné la localisation de la ferme de Nabur aux Décroisés, c'en serait fini de mon plan et de la stratégie de Morgane pour le ramener à Camelot... Je ne sais pas si cela est dû au hasard, mais il nous faut nous éloigner au plus vite de cet homme et de son régiment. J'ai cru l'apercevoir au loin aussi... Alors il

ne l'a pas tué... Cela ne m'arrange pas... Tant pis. Chaque problème en son temps. »

- Accolon, ce... C'est...
- Bonjour, messieurs.
- B... Bonjour, bonhomme.
- Vous êtes un chevalier ?
- Hein ? Je... Non... Non, je suis un archer... Et toi, qu'est-ce que tu fais tout seul comme ça dehors ?
- Je suis perdu. J'ai oublié où j'habite. Je n'arrive pas non plus à trouver mon papa... Alors je vais marcher jusqu'à le trouver.
- Acc... Accolon ?
- Il a perdu la mémoire. C'est certainement dû au traumatisme qu'il a subi. Le problème est réglé dans ce cas, Mordred. Nous devons avancer.
- Je... D'accord, mais, et lui ?
- Tu vas être bien sage, bonhomme. Tu m'écoutes bien ?
- Vous êtes un homme de Dieu ?
- Pas exactement... Écoute, tu vas descendre toute cette pente, là, d'accord ? Tu y trouveras un village... Présente-toi aux villageois, ils s'occuperont de toi.
- Mais je ne sais plus comment je m'appelle...

- Tu te présenteras en disant que tu es Orphelin, d'accord ? Orphelin, tu t'en souviendras.
- D'accord. Je m'appelle Orphelin. Au revoir.
- Au revoir, bonhomme.
- Adieu… Sois prudent…

--

- Je ne pensais pas que ça serait aussi dur, Accolon…
- Je t'avais prévenu. Cette journée va être éprouvante. L'aube va laisser sa place au jour. Nous avons encore bien des lieux à parcourir. Te sens-tu prêt, Mordred ?
- Il n'y a plus de retour possible à présent. Alors, avançons.
- Humpf…
- Quoi ?
- Il semblerait que je déteigne sur toi. À faire des phrases comme ça… Il faudrait te détendre un peu. Tu es d'un sérieux…

XXII – Tous les matins du monde

Le ciel s'éclairait petit à petit. Le soleil encore caché derrière les couches de brumes et de brouillard, le jour s'était levé. Dans une vaste plaine, une silhouette se dessinait à l'horizon. Il s'agissait d'un jeune homme, boitant, appuyant une de ses mains contre son épaule tandis que l'autre aidait à soutenir sa jambe valide. Bien que dans un piteux état, le blondinet souriait. Heureux de s'être rendu compte que tous ses efforts réalisés jusqu'à présent n'avaient pas été vains. Sa tunique verte se mariait à la verdure de l'herbe encore humide de la rosée. Il parcourait ainsi la Bretagne, en quête de repos. Un repos qu'il ne trouverait qu'une fois sa promesse tenue. Cette promesse qu'il s'était faîte à lui-même. Ce vœu sacré. Alors que la marche lui sembla plus pénible, il sentit contre lui deux êtres, à ses côtés, le soutenir du poids de leur mémoire. Alors il continua d'avancer, soulagé de ne pas être complètement seul, puisant dans ses souvenirs pour se rassurer, se remonter le moral. Rien n'était trop dur à présent qu'il avait retrouvé espoir. La mort peut être une agréable compagne si on lui échappe suffisamment longtemps pour lui tirer un peu de son énergie. Celle du dernier espoir. Au loin, Elyenka entendit les cloches résonner. Elles sonnèrent l'heure de la prière. Alors Elyenka ferma les yeux, et, tout en avançant, il murmura des prières. Prières qu'il adressait à tous ceux qui l'avaient quitté sur le chemin, à tous ces disparus qui l'avaient construit et qui lui avaient permis de tirer un enseignement qu'aucune souffrance ne pouvait ignorer. Celui de ne jamais baisser les bras. Celui de ne jamais rester à terre, et de se servir de sa chute pour prendre appui et rebondir plus fort et plus loin. Il sermonna ainsi silencieusement.

--

- ... C'est ainsi que se dévoile la magie. À notre époque, il est de moins en moins courant qu'elle se manifeste.
- Mais les sorcières rousses, alors ?
- Justement, tout le paradoxe est là. Paradoxe, tu suis ?
- Jeannot…
- Pardon, pardon. Et bien les êtres maléfiques ont plus de facilité à débloquer leur part de magie, car ils passent par des étapes inhumaines. La magie a besoin de sonder un sentiment profondément conséquent pour s'éveiller. Et les sorcières et autres mages noirs usent d'expériences telles que la nécromancie ou de toutes sortes de rites interdits pour la provoquer. Ils débrident leur humanité, en quelque sorte.
- C'est dingue ! Alors il faut être tordu pour éveiller sa part de magie, en fait.

- Pas obligatoirement. C'est la solution de facilité. Comme vendre son âme au diable, pour schématiser. Mais bien que cette magie soit redoutable, elle n'égale en rien la puissance d'une magie éveillée naturellement, dans de bonnes intentions. C'est celle-là qu'il te faudra déclencher.
- C'est ce que vous avez fait ?
- Exactement.
- Mais comment est-ce arrivé pour vous ?
- Et bien j'étais intiment résolu à mettre…
- Jeannot, enfin ! Tout le monde vous attend. C'est vous qui deviez célébrer la messe, aujourd'hui !
- Oh ! Pardonnez-moi, je n'ai pas vu le temps passer ! J'arrive immédiatement !

Frère Jeannot se dépêcha de réunir deux-trois parchemins et couru jusqu'à l'abbaye. Rodron était encore étendu sur la pelouse. Il se leva et s'étira, souriant à Frère Eli, qui lui rendit son sourire.

- Et bien, je vois que tu complètes encore ta formation.
- Oui, Jeannot est un très bon pédagogue.
- Allez, viens, nous n'allons pas rater sa première messe.
- Sa première ?

- Et oui, il semblerait que le temps que vous passiez ensemble ait une bonne influence sur lui.
- Haha...

Ils se dirigèrent ainsi dans l'abbaye, rejoignant les autres frères qui les attendaient, ainsi que de nombreux fidèles venus pour l'occasion.

- Frère Eli, ce n'est pas trop gênant si je ne prie pas ?
- Comment ça ?
- Et bien, ça ne risque pas de le fâcher le monsieur en haut ? Je ne suis pas vraiment croyant, et je n'ai jamais prié.
- Écoute, il ne faut pas spécialement être croyant pour comprendre et formuler une prière, tu sais. L'important c'est de se confier, et d'entendre raisonner dans son esprit ses propres paroles. Il est bon de s'écouter parler de temps à autre, cela peut provoquer énormément de choses en soi. Fais comme il te plaît, Rodron. Ne te force pas, sois juste bien. Ce qui importe dans une messe, c'est de se détendre et d'oublier ses problèmes, de calmer ses maux.
- Vous vous rendez compte, cela va faire cinq mois que je suis ici, cinq mois que Mordred a disparu.

- Le temps passe à une vitesse affolante.
- Je suis heureux d'avoir été parmi vous tout ce temps.
- Cela voudrait-il dire que tu comptes nous quitter prochainement ?
- Peut-être bien. Mais je risque de ne pas être le seul.

Rodron observa Frère Jeannot avec amusement. Après tout, ses rêves d'aventures allaient peut-être se concrétiser. Frère Eli comprit et sourit.

- Tu as drôlement grandi en cinq mois. Je te trouve plus sage.
- C'est la barbe, ça.
- Oh, tu crois.
- Carrément. L'habit est au moine ce que la barbe est au sage, voyons.
- Hahaha, tu as probablement raison.
- Merci Frère Eli. Merci pour tout. Je sais ce que je veux faire de ma vie, désormais. C'est grâce à vous, et à tous les frères de l'abbaye.
- Merci à toi surtout, tu as redonné un véritable sens à notre existence et à notre foi. Les temps à venir promettent d'être sombres. Je suis heureux de savoir qu'il y aura un être empli de lumière pour y faire face.
- Ça me touche énormément, Frère Eli. Merci.

- Hé oh ! C'est pas bientôt fini, non ? Au cas où vous ne l'auriez pas remarqué, il y a une messe en cours, ici.

- Pardon, Jeannot, et amen, hahaha.

--

Farengoise s'illuminait progressivement des premiers rayons de soleil. Il faisait doux, frais, il n'y avait que peu de riverains sur la place du marché. Le coq chantait.

- Mais il ne va pas la fermer sa gueule ? Maudite bestiole.

- Le général Thorvald, général !

- Faites-le entrer… Et bien, ce n'est pas trop tôt ! J'ai bien cru que tu étais mort, je réfléchissais à quel soldat j'allais devoir faire monter en grade pour te remplacer.

- Cela me touche, mon général.

- Ne te fais pas prier. Au rapport !

- J'ai retrouvé et supprimé l'individu perturbateur. Nous n'aurons plus de problèmes avec lui, néanmoins…

- Néanmoins ?

- Il y a fort à parier que ce genre d'attaques contre notre Ordre se reproduira dans les jours à venir.

- Comment ?
- J'ai découvert qu'il ne s'agissait pas d'un rebelle isolé, mais bien de tout un mouvement radical qui se trouve derrière ces opérations.
- C'est une blague ? Ces bouseux veulent donc se révolter, hein ? ... Et bien qu'ils y viennent à leur petit coup d'État, qu'ils y viennent. Ils seront accueillis comme il se doit.
- J'ai cru voir que vous n'aviez pas non plus chômé durant mon absence, je me trompe ?
- Il ferait beau voir, tiens. Comme si j'avais besoin de ta présence pour faire avancer les choses dans mon comté. J'ai mis la main sur de petits « résistants », comme ils aimaient se faire appeler. Des villageois qui tentaient de couvrir des traîtres sur lesquels j'avais posé une prime. Ils serviront d'exemples à tous les autres pégus qui auraient en projet de me contrarier. Regarde dehors.

Isaac jeta un œil à la place de village sur laquelle, pour l'occasion, une potence avait été dressée, sublimée par les bannières Décroisées flottantes au rythme de la brise matinale. Au bout de trois cordes respectives pendaient deux hommes, un vieillard et un autre bien plus jeune, ainsi qu'une jeune femme.

- Hé, hé. Ça leur apprendra à ces trois-là d'avoir tenté de faire passer des criminels hors du village.
- Et les criminels en question ?

- Tu n'entends pas ?

Après coup, et en tendant un peu l'oreille, Isaac se rendit compte que cela faisait un moment que des aboiements de chiens tentaient de couvrir le chant du coq. Isaac comprit. Alors Thirel se mit à rire comme un dément, Isaac observa le visage de son supérieur s'éclaircir, il jubilait de la terreur qu'il infligeait. Isaac tenta de garder la face, alors il sourit à Thirel avant de disposer.

--

Alalala, mon pauvre Bébère... Mon pauvre Bébère... Vous vous êtes fait prendre avant même d'atteindre la taverne... Je suis désolé, tellement désolé... J'ai voulu aider, j'aurai mieux fait de ne pas m'en mêler, car maintenant je me sens coupable... Coupable de t'observer pendre à cette corde, coupable, car je devrais être à tes côtés. Quelle horreur. Plus jamais. Plus jamais ça. C'est la première et dernière fois que je me mêle de ce qu'il ne me regarde pas. Ces Décroisés... Ils sont beaucoup trop dangereux. Je suis désolé, je n'aurai jamais l'occasion de venger ta mémoire, mon bon Bébère... Oh. C'est toi. Tu m'as fait peur. Il n'y a pas grand monde sur la place ce matin, les gens restent chez eux, ils ont trop peur... Mais, qu'est-ce que tu fais avec tous ces bagages ? Comment ? Tu t'en vas ? Mais pourquoi ? Où ? Trop dangereux, hein ? Je l'avais dit que ça s'annonçait des jours pas lumineux, mais à ce point...

D'accord, je comprends, mon ami, je comprends. Et bien, je me demande bien avec qui je vais bien pouvoir discuter maintenant que tu pars. Comment je vais faire sans toi, hein ? Qui est-ce qui me retiendra de dire tout haut ce que je pense ? Héhé… Et bien, bonne route, mon ami. Bonne route… Je vais rester ici, moi. J'ai ma taverne, et puis… Je ne suis pas assez courageux pour changer de vie du jour au lendemain comme toi. Sois prudent sur ta route, et que les Dieux te gardent… Ah… Et bien, me voilà seul… Ces Décroisés… Si seulement j'avais le courage de… Enfin… Bon, et bien on va noyer tout ce chagrin dans de l'hydromel épicé, hein…

--

Tiens, elle sourit. Je ne pensais pas la voir sourire un jour. Je me demande bien ce qu'il peut se passer dans sa tête.

> C'est curieux cette sensation. J'ai l'impression que, tout près de moi, quelqu'un veille sur moi. Un ange gardien, peut-être ? Je me sens bien. Je ne sais même pas pourquoi.

Elle… Chantonne ?

> Dans les jardins de mon père, les lilas sont fleuris, tous les oiseaux du monde viennent y faire leur nid. Auprès de ma blonde, qu'il fait bon, fait bon, fait bon. Auprès de ma blonde qu'il fait bon, fait bon…

--

- Dormir.
- Quoi ?
- J'ai l'impression d'avoir entendu sa voix.
- Sa voix ?
- Rien. Ce n'est rien, Accolon, ça doit encore être dans ma tête.

« Il semblerait que son régiment se dirige au même endroit que nous. Il va nous falloir emprunter des sentiers différents si nous ne voulons pas croiser leur chemin ; il ne manquerait plus que ça. Si Mordred était réuni avec la fille, nous serions obligés d'engager le combat contre ce général, et nous ne sommes pas prêts. »

- Quelle est la suite ?
- Nous allons détruire régiment après régiment jusqu'à remonter au général du comté de Farengoise. Puis nous poursuivrons notre ascension jusqu'à exterminer la source de leur pouvoir, le Sanctuaire du Saint Patron, en Morneplaine.
- Hum... Être ou ne pas être, c'est là la question. Y a-t-il plus de noblesse d'âme à subir la fronde et les flèches de la fortune outrageante,

ou bien à s'armer contre une mer de douleurs
et à l'arrêter par une Révolte ?

© 2016, Tommy-Lee Baïk
Éditeur : BoD – Books on Demand,
12/14 rond-point des Champs Élysées 75008 Paris
Impression : BoD – Books on Demand, Allemagne

ISBN : 978-2-3220-4254-8

Dépôt légal : janvier 2016